닿고 싶다는 말

닿고 싶다는 말

1판 1쇄 인쇄 2022. 6. 25.
1판 1쇄 발행 2022. 7. 5.

지은이 전새벽

발행인 고세규
편집 태호 디자인 지은혜 마케팅 윤준원 홍보 반재서
발행처 김영사
등록 1979년 5월 17일 (제406-2003-036호)
주소 경기도 파주시 문발로 197(문발동) 우편번호 10881
전화 마케팅부 031)955-3100, 편집부 031)955-3200 | 팩스 031)955-3111

값은 뒤표지에 있습니다.
ISBN 978-89-349-6182-6 03810

홈페이지 www.gimmyoung.com 블로그 blog.naver.com/gybook
인스타그램 instagram.com/gimmyoung 이메일 bestbook@gimmyoung.com

좋은 독자가 좋은 책을 만듭니다.
김영사는 독자 여러분의 의견에 항상 귀 기울이고 있습니다.

공허한 마음에 관한 관찰보고서

닿고 싶다는 말

전새벽

김영사

∘ 차례 ∘

2 우리의 슬픔을 증폭시키는 것들

3 애정결핍 확진자

4 닿고 싶다는 말

◦ 프롤로그 ◦

글을 쓴답시고 이곳저곳 참 많이 다녔다. 속초, 대천, 거문도, 칠갑산, 지리산, 불암산, 전주, 당진, 순천, 파주, 충주…. 이렇게 다니는 행위를 '글 여행'이라고 불러도 될까?

딱히 취재하는 것도 아니면서 글 여행을 가는 이유는 그곳에 무언가가 '있기' 때문이 아니라 '없기' 때문이다. 목적은 익숙한 곳을 떠나는 데 있다. 익숙하지 않은 장소의 풍경과 소리는 권태로 무뎌졌던 감각을 정교하게 만든다. 아무 생각 없이 지하철에 몸을 싣고 출퇴근하는 일상과 달리, 여행지에서는 골목 하나하나를 신경 쓰면서 걷게 된다. 감각이 살아 있으니, 거창하게 말해 글감이 자꾸 떠오른다.

일상을 벗어나면 좋아하는 사람들이 많이 떠오른다. 태평한 바닷가를 보면 가족과 오고 싶다는 생각을 하고, 아기자기한 포장마차를 보면 술친구 한두 명이 떠오르고, 조용한 숙소에서 혼자 타닥타닥 노트북 자판을 치고 있으면 회사 동료들까지 그리워지기까지 한다. 소중한 것과 별로 소중하지 않은 것들이 뒤섞여 있는 일상에서 벗어나면 소중한 것들만 떠올리는 시간을 갖게 된다.

내 글쓰기의 목적은 소중한 것들에게 '닿고 싶다는 말'을 하는 것이다. 그러기 위해서는 진정으로 닿고 싶다는 마음을 가질 필요가 있다. 그러려면 가끔 멀어져야 한다. 멀어지면 그리움이 선명해진다. 그런고로, 오늘도 일부러 먼 곳에 혼자 와서 닿고 싶다는 말을 이리도 거창하게 써 내려가고 있다.

지금은 미포의 한 모텔. 미포는 부산 해운대구에 있는 바닷가 마을이다. 통상 해운대 하면 웨스틴조선호텔부터 엘시티로 이어지는 해수욕장을 떠올리는데, 미포는 엘시티에서 좀 더 들어가면 나오는 작은 항구이자 해안도로를 끼고 있는 곳이다. '파티!'라는 분위기라기보다 '힐링~'이라는 정서를 가진 곳이랄까. 평일이라 그런지 손님은 없고, 주인아저씨가 간간이 부는 색소폰 소리만 들려온다. 4인용 식탁 하나는 너끈히 넘겨줄 수 있을 것 같은 커다란 창밖으로 바다가 넘실거리고, 파도 소리가 들랑거리고, 벚꽃이 흐드러진다.

엘시티까지 걸어가 우회전, 언덕을 하나 오르니 스타벅스와 맥도날드가 있었다. 커피와 햄버거를 하나씩 사 먹고 돌아오는데, 바다 위에 찰랑찰랑 부서지는 햇빛을 보고 있다가, 나도 모르게 흥얼거렸다.

미포 살고 싶다
미포 살고 싶다
해운대구 미포에 살고 싶다

음정이 엉망인 즉흥곡을 불러가며 모텔로 돌아와, 나는 글은 안 쓰고 부동산 앱을 열고 말았다. '미포에 살려면 얼마가 있어야 하나?' 그러다 어떤 생각이 스쳐 그만두었다. 글 여행을 갈 때마다 그곳과 사랑에 빠지곤 했다. 칠갑산에서도 속초에서도 마찬가지였다. 그곳이 얼마나 좋은지 아예 눌러살고 싶다는 생각이 매번 들었다. 그러나 그런 훌륭한 기분은 여행자의 신분일 때만 누릴 수 있는 것 아니던가. 정착하는 순간부터 다른 기분이 들 것은 거의 확실했다. 나는 다시 글쓰기에 집중했다. 퇴실 시간이 점차 임박해오고 있었다.

글 여행의 종결은 늘 돌아오는 것으로 끝이 난다. 익숙한 장소로 돌아와 가족과 친구들의 품에 안기는 것. 그러면서 "다녀왔어"라고 말하는 것으로 매번 글 여행을 마치고 있다. 이 책을 쓰면서도 많은 글 여행을 했고, 매번 돌아왔다. 떠날 때마다 내게 소중한 것들을 되새겼고, 돌아올 때마다 그것들을 더 소중히 품에 안았다.

나는 떠날수록 질척거리는 사람이 될 것이다. 돌아올 땐 매번 어떤 이야기를 가지고 올 것이다. 그 이야기를 앞으로도 계속해서 여러분과 나누고 싶은데, 기꺼이 함께해준다면 더할 나위 없이 행복하겠다.

지독한 나르시시즘

1

미움받을

용기 따윈

네 살 때의 일이다. 유치원에서 화장실에 갔다가 넘어지고 말았다. 일어나 보니 입술에서 피가 철철 흐르고 있었다. 빼액 소리를 지르자 곧 선생님이 나타나 나를 업고 병원으로 뛰었다. 그날 나는 네 바늘이나 꿰맸다.

다음 날 아침 일찍부터 유치원에 다섯 사람이 모였다. 원장선생님, 남임선생님, 우리 부모님, 그리고 나.

"어떻게 된 거니? 너 혼자 넘어졌니, 아니면 누가 뒤에서 밀었니?"

그렇게 묻는 아빠는 단단히 화가 나 있었다. 혼자서 넘어졌다고 하면 호되게 꾸지람을 들을 것 같았다. 그래서 이렇게 말했다.

"누가 뒤에서 밀었어요."

거짓 진술을 한 네 살 아이의 최후가 어떻게 되었는지는 조금 후에 밝히기로 하고, 시점을 얼마 전으로 돌려보자.

나는 클랙슨 소리가 거리를 메운 어느 불야성의 뒷골목에서 있었다. 구겨진 셔츠와 정장 바지 차림으로 택시를 잡고 있었다. 옷에서는 고기 냄새가 났고, 얼굴에서는 술 냄새가 났다. '방금까지 고깃집에서 회식한 회사원'이라는 티가 역력했다.

뒷좌석에 몸을 파묻고 행선지를 말하자 택시는 미끄러지듯 번화가를 빠져나갔다. 빨리 달리면 자정 전에는 집에 도착할 것이었다. '잠깐이라도 자야겠다.' 나는 눈을 감았다. 그러자 방금까지 회식 자리에서 오갔던 대화들이 생생히 머릿속에서 살아나기 시작했다.

술을 한 잔씩 마신 뒤에 A가 말했다.

"새벽 씨, 오늘 발표 너무 잘했어!"

참 듣기 좋은 소리였다. 그러나 우쭐한 체하기는 싫었으므로 최대한 담담하게 감사하다고 말했다. A가 말을 마치자 B는 마치 자신이 하고 싶은 말이었다는 듯 고개를 열심히 끄덕였다. 게다가 평소 무뚝뚝하기로 소문난 C까지 "맞아, 새벽 씨 오늘 진짜 너무 잘했어"라고 맞장구쳤다. 오늘은 참 만족스러운 하루였다. 비록 고기 굽는 것까지 칭찬받으려 애쓰다가 손가락을 데긴 했지만, 받은 칭찬에 비하면 작은 지출이었다.

그런데 마음에 걸리는 게 하나 있었다. 화기애애한 분위기 속에 홀로 말이 없었던 D의 표정이었다. 모두가 칭찬을 하느라 바쁠 때, 그는 고개를 숙인 채 반찬만 집어먹고 있었다. 고개를 끄덕이지도, 나를 쳐다보며 웃지도 않았다. 왜 그럴까? D는 날 싫어하는 걸까?

나는 눈을 떴다. 그리고 다시 스스로에게 되물었다. '혹시 D를 언짢게 만든 적이 있었나?' 되짚어봐도 떠오르는 건 없었다. 하지만 사람은 아주 작은 이유로도 타인을 미워하지 않던가. 나는 서둘러 상체를 일으켜 휴대폰을 열었다. 단체 채팅방의 기록을 찬찬히 훑기 시작했다.

6월 2일

나 보고서 다 썼습니다.

C 알았음

B 네~

A 수고했어~

6월 3일

나 거래처 요청사항 정리해서 이메일로 공유드렸습니다

A ㅇㅇ

B ㅇㅋ

C 읽어볼게요~

6월 4일

나 최근에 쓴 계약서 누가 가지고 계신가요?

B 난 없음

A 나한테도 없는데

C 나도 아닌데

이럴 수가! 어렴풋이 마음에 걸려왔던 게 이거였다. D는 평소 내 카톡에 답하지 않았다. 이유는 알 수 없었지만, D가 나를 탐탁지 않게 생각한다는 건 확실해 보였다. 어디서부터 잘못되었을까?

유치원은 발칵 뒤집혔다. 친구의 등을 밀어 다치게 한 악마 같은 친구가 우리 유치원에 있다니! 선생님들은 식은땀을 흘리며 범인을 찾아나섰다. 사건은 금방 해결될 듯했다. 내가 넘어진 시간에는 이미 아이 대부분이 집에 간 후였기 때문이었다. 짧은 수사 끝에 중요한 사실이 밝혀졌다. 그 시각에 유치원에 남아 있던 유일한 원생은 심이라는 사실이었다. 곧 심이 교무실로 임의 동행되었다. 심은 곧바로 혐의를 부인했다.

"나 아니에요! 내가 안 밀었어요."

심의 태도에 조금도 수상한 기색이 없자 선생님들은 당황했다. 결국 그 자리에 피해자를 동석시키기로 했다. 나는 대질심문 과정에서 심이 범인인지 확신이 없다고 진술했다. 사건은 다시 미궁으로 빠졌다.

"다 왔습니다."

기사의 목소리에 고개를 들어보니 집 앞이었다. 요금을 지불하고 문을 열자 더운 공기가 몸을 훅 때렸다. '찬물로 씻고 잠이나 푹 자자.' 몸도 정신도 너무 피곤했다. 최근에 얼마나 많은 업무를 해치웠던가. 몸이 몇 개라도 모자랄 지경이었다.

샤워하고 자리에 누웠다. 눈을 붙이면 천장에서 잠이 와락 쏟아질 것 같았다. 이불을 덮고 팔을 뻗어 머리 위의 스탠드를 껐다. '아, 오늘도 긴 하루였다. 수고했다. 내일도 고생하자.'

오 분 뒤, 나는 한층 말똥말똥해진 눈을 하고 검은 천장을 노려보고 있었다. 잠이 오지 않았다. 아니, 잠들 수가 없었다. D가 나를 미워하는 게 분명했다. 젠장, 도대체 왜?! 마음 같아서는 당장 전화를 하고 싶었다. 진짜 전화를 걸어볼까? 하지만 전화해서 뭐라고 한단 말인가? "왜 다들 저 칭찬할 때 가만히 계셨어요? 왜 단체방에서 제 말엔 대꾸 안 하세요?" 그렇게 묻나? 그건 너무 이상하지 않나? 그럼 잘 들어가셨는지 궁금해서 걸었다고 해볼까? 그런 뒤에 D의 말투를 들으면, 그가 나를 싫어하는 건지 아닌지 알 수 있지 않을까?

고민하다 보니 불현듯 머리를 스치는 게 있었다. D가 최근 주택 대출 문제로 골머리를 앓는다는 사실이었다. 누가 말해줬던 건지는 기억나지 않았지만, 지금 중요한 건 출처가 아니었다. 중요한 건 D가 현재 마음이 편치 않은 상태라는 거였다. 오늘 회식 자리에서 그가 유독 말이 없었던 것도 필시 그 때문일 것이었다. 생각이 거기까지 미치자 갑자기 마음속에 눌러앉은 돌덩이가 사라진 느낌이 들었다.

'대출 문제 때문에 그런 건 줄도 모르고 괜히 걱정했네. 쓸데없는 고민 그만하고 이제 진짜 자야지.'

그리고 일 분 뒤, 나는 다시 눈을 떴다. 생각난 게 하나 더 있었다.

넘어진 사람은 있는데 민 사람은 없다? 유치원에 남아 있던 모든 사람은 그야말로 멘붕이었다. 결국 사안을 하나씩 다시 따져보기로 했다.

"심 군 말고는 아무도 없었던 것이 맞습니까?"

"새벽이와 특히 사이가 좋지 않았던 친구는 없었나요?"

"오늘 누구와 싸웠다던가, 그런 일은 없었습니까?"

부모님의 질문은 계속 이어졌다. 부모님은 모든 가능성을 점검해보고 싶어 했다. 시간은 속절없이 흘렀다. 벌써 저녁때였다. 말하지 않아도 모두 같은 생각일 것이었다. 집으로 돌아가 지금이라도 늦은 저녁밥을 먹고, 따뜻한 물에 샤워를 하고, 침대에 몸을 파묻고 깊은 꿈의 나라로 들어가는 것. 그러나 결론을 내지 않고 헤어지기에는 피해가 너무 컸다. 아이가 괴한(?)에 의해 넘어져 입술을 꿰맸는데, "애들이야 그러면서 크는 거죠"라며 넘어갈 부모는 거의 없을 거였다. 적어도 우리 부모님은 아니었다. 부모님은 몹시 화가 나서, 선생님들은 책임감과 당혹감 때문에 모두 자리를 뜨지 못했다.

어느새 모두 말이 없어진 시각. 아빠의 머리를 스치는 한 가지 가능성이 있었다. 차라리 이것이 진실이라면. 이윽고 아빠는 나를 바라보며, 나긋나긋한 목소리로 물었다.

"정말 누가 밀었니? 아니면…."

나는 천천히 고개를 들었다. 아빠의 목소리와 표정 어디에도 화난 기색이 없었다. 이제 진실을 말할 차례였다.

"사실 혼자 넘어졌어요."

얼마 전에 전세 대출을 받으면서, 몇 군데 은행에서 상담을 받았다. 절차 대부분은 같았지만, 금리와 금리우대를 받는 법은 조금씩 달랐다. 그걸 휴대폰 어딘가에 정리해두었는데, 분명 이 자료는 D에게 도움이 될 것이었다.

'그래, D에게 이 자료를 보여주자. 그리고 이유가 무엇이든 당신의 고민은 내게도 마음 쓰이는 사실이라는 것을

보여주자.'

나는 이 행동이 D와 나 사이를 좁혀줄 수 있는 묘수가 될 것이라고 확신했다. 그리고 휴대폰에서 메모를 찾아냈다. 과연 대출 상담 때 두서없이 적어놨던 정보들이 빼곡했다.

'내일 당장 이걸 정리해야겠어. 은행별 대출 절차와 금리를 표로 만들자. 내친김에 D의 집에서 가까운 은행들을 정리해주면 어떨까? 지도까지 첨부하면 감동하겠지?'

확실히 이 방법은 효과가 있을 것 같았다. 그러고 나면 D는 더 이상 단체방에서 내 말을 무시하지도, 회식 자리에서 나에 관한 얘기가 오갈 때 묵묵부답으로 있지도 않을 거 같았다.

'어쩌면 D와 엄청 친해질지도 몰라. 혹시 D가 매일 나에게 술 마시자고 하면 어쩌지? 그까짓거 마시면 되지. 어쨌든 나를 좋아하는 사람이 한 명 더 생긴다는 건 좋은 일이니까.'

그런 생각을 하다가 겨우 잠이 들었다.

다음 날 물에 젖은 휴지처럼 무거운 몸을 이끌고 회사로

갔을 때, 엘리베이터 앞에서 D와 마주쳤다. 내가 눈인사를 하자, 그 역시 가볍게 눈인사를 했다. 엘리베이터가 올라가기 시작하자 D가 먼저 입을 열었다.

"어젠 잘 들어갔니?"

'어라? 먼저 안부 인사를 건네다니….' D의 뜻밖의 태도에 나도 모르게 본심을 털어놓고 말았다.

"어제는 기분이 별로 좋지 않으셨나 봐요."

"응? 왜?"

D는 놀랐다는 듯 내 얼굴을 쳐다보며 되물었다. 나는 별 말도 없이 반찬만 집어먹고 있는 당신의 태도가 마음에 걸렸다는 얘기를 최대한 조심스럽게 털어놓았다. 그러자 D가 별것도 아니라는 듯 말했다.

"사실 자리가 좀 불편했어."

나는 침을 꿀꺽 삼켰다. D의 입에서 "네가 못마땅했거든"이라는 말이 나올 것만 같았다.

"내가 사실 C를 별로 안 좋아하거든. 그래서 빨리 그 자리 끝내고 너랑 둘이 한잔 더 하려고 했는데, 기회를 못 잡았지 뭐."

"저랑 둘이요?"

"응. 너 발표 준비하느라 고생했잖아. 그래서 따로 한잔 사주려고 했지. 다음 주에 한잔 사줄게."

그 순간 엘리베이터의 문이 열렸다. D는 내 어깨를 가볍게 친 뒤 자신의 자리로 성큼성큼 걸어갔다.

우리를 괴롭히는 걱정 중 대부분은 쓸데없는 것이다. 나 역시 그러한 사실을 잘 알고 있다. 그럼에도 도저히 외면할 수 없는 걱정이 있다. 바로 누군가가 나를 미워할지도 모른다는 불안이다.

사건의 진실을 털어놓았을 때 부모님은 화를 내지 않으셨다. 선생님들도 마찬가지였다. 그들은 마침내 사건이 종결되었음에 만족하고 각자의 집으로 돌아갔다. 아무도 내게 쓴소리를 하지 않았다. 그들이 딱히 네 살짜리의 마음을 전부 이해해서 그런 것은 아닐 것이었다. 선생님들에게는 자신들이 책임질 게 없다는 사실이 중요했을 것이고, 부모님에게는 그저 자식이 억울하게 다친 게 아니라는 사실이 중요했을 것이다. 책임질 것도 없고 억울할 것도 없으니, 누구에게 화를 내거나 미워할 필요 따윈 없었다.

불안에 시달렸던 건 오직 나뿐이었다. 넘어졌다고 해서 화를 낼 부모님이 아니란 건 알았지만 혹시 모르는 거니까, 미움받을 용기 같은 건 내게 없으니까, 나는 거짓말을 택했다. 결과적으로는 최대한 빨리 사실을 털어놓는 편이 모두에게 좋다는 걸 배웠지만.

삼십 년이 지난 지금, 나는 여전히 제자리다. 나는 지나치게 다른 사람들의 기분에 신경을 쓰고, 혹시라도 점수가 깎일까 봐 전전긍긍하며 산다. '내가 이런 행동을 하면 저 사람은 점수표를 꺼내 마이너스 십 점을 매기겠지.' 그런 생각을 시도 때도 없이 하면서 산다. 실은 점수표 따위는 존재하지 않는다는 걸 깨닫게 되는 경우가 대부분이지만, 그래도 여전히 마음 졸이며 살아가고 있다.

애정 타짜

하늘은 높고 바람은 적당한 오후, 대학 캠퍼스 벤치에 두 사람이 앉아 있었다. 한 사람은 이십 대 초반의 나고, 다른 한 사람은 당시 여자친구였던 후배 혜정이였다. 혜정이가 말했다.

"이번엔 정말 가봐야 할 것 같아. 자주 있는 모임도 아니잖아."

나는 최대한 차분하게 대답했다.

"그래도 어떻게 전 남친 있는 모임에 갈 수가 있니?"

캠퍼스의 초록 잔디가 물결처럼 흔들렸고, 혜정이의 머리카락도 살랑거렸다.

"오랜만에 한국 온 친구 때문에 다 같이 모이는 건 알겠어. 근데 그 자리에 네 전 남친이 나온다는데 내가 태평할 수가 있겠어?"

잠깐 아는 사람이 지나갔다. 저쪽에서 먼저 나를 알아보고 다가오길래 나는 손을 들어 인사했다. 그는 눈치도 없이 우리 벤치 쪽으로 와서 별 시답지 않은 소리들(교수님이 오늘은 출석 체크 무조건 한댔으니 꼭 와야 한다는 둥)을 늘어놓은 뒤 떠났다. 그가 떠난 뒤 나와 혜정이는 잠시 침묵 속에 놓였다. 이윽고 혜정이가 침묵을 깼다.

"오빠 화났어?"

"아니야, 가도 돼. 모임도 나가면서 사는 거지."

"정말이지? 고마워. 대신에 자주 연락할게. 한 시간마다 문자할게. 두 시간마다 전화할게. 세 시간마다 사진 찍어 보낼게."

"대체 몇 시간을 있으려고?"

"오래 안 있어. 대신 오빠도 친구들 만나서 실컷 놀아. 사진은 안 보내도 돼."

"아냐. 내가 갈 데가 어딨어. 그냥 집에 있을게."

"집에서 뭐 하게?"

"그냥 내가 왜 이런지 좀 생각해봐야겠어. 왜 여자친구 마음 편하게 해주지 못하고 집착이나 하는지."

"그러지 마, 그럼 내 마음이 너무 불편하잖아."

"혜정아, 나 진짜 왜 이러지? 정신병인가? 네가 모임 나가면 모두 너한테 한눈에 반할 것 같고, 다들 추근댈 것 같아. 나 이상하지? 과대망상 같지?"

"(웃으면서) 오빠, 나 그 정도 아니야. 그리고 오빠 안 이상해. 좋아하면 질투하고 걱정하는 거 당연하잖아."

"아니야. 좀 이상해. 나 옛날부터 그랬어. 나 지금 너랑 사귀는 거 되게 좋은데, 꼭 나쁜 상상을 해서 분위기 깨버리기 일쑤잖아. 이렇게 못난 사람이라 미안해, 혜정아."

"오빠, 그러지 마."

"혜정아, 나 숨을 잘 못 쉬겠어. 심장이 너무 빨리 뛰어."

"오빠, 왜 그래, 장난치지 마."

"아니야. 진짜야. 스트레스가 갑자기 오면 이래. 혜정아나 좀 붙잡아줘. 아, 아니다. 모임에 늦으면 안 되잖아. 괜찮으니까 가."

"오빠…."

그날 혜정이는 결국 모임에 가지 않았다.

그날 밤, 혜정이와 둘이 학교 후문 근처에서 소주를 나눠 마시며 이런 대화를 했다.

"둘이 한잔하니까 좋다. 근데 계속 미안해. 나 때문에 모임도 못 가고…."

"아니야. 오빠 마음 편한 게 중요하지. 사랑하는 사람 마음 불편하게 하면서 모임 같은 데 나가면 뭐 해. 그나저나 심장은 괜찮아?"

"응, 이제 괜찮아."

스트레스 때문에 심장 박동이 이상해지는 건 거짓이 아니었다. 그토록 예민한 신체 반응을 보이는 시기가 내 인생 어딘가에 분명히 존재했다. 그것은 죄가 아니었다. 내 죄는 그것을 무기 삼아 다른 사람들의 마음을 유린했다는 데 있었다. 나는 전형적인 자아도취였다. 애정 타짜였다. 물론 나는 그 시절 내가 자아도취인 줄 몰랐으며, 그게 애정결핍에서 비롯되었다는 것도 알지 못했다. 당시 가엾은 연인들은 헌신에 가까운 사랑을 주다가 상처만 입고 떠났다. 혜정이도 마찬가지였다. 그러고 몇 개월 뒤, 그는 결국 내 유난스러움을 이기지 못하고 떠났다. "난 오빠의 감정 쓰레기통이 아니야"라는 말을 마지막으로 남긴 채.

나는 그 시절을 딛고 수준 높은 마음공부를 통해 성숙한 인격체로 거듭나 평온한 생활을 누렸…으면 좋으련만! 혜정이와 헤어진 뒤 내 애정결핍은 점차 심해졌다. 그리고 나는 공황장애와 우울증 진단을 받았다.

우울증입니다

고등학교를 졸업하고 빈둥대던 어느 날 마음에 돌덩어리가 들어앉았다. 이유는 몰랐다. 나는 원인도 모른 채 자꾸 한숨을 쉬었고, 아무데서나 울었다.

일 년여의 시간이 지나자 돌덩어리는 한층 더 무거워져 있었다. 어느 날은 낮에 태평하게 소파에 누워 TV를 보는데 갑자기 눈물이 쏟아졌다. 당시 보고 있던 프로그램의 장르와 내 눈물의 상관관계를 잠시 따져본 후, 나는 병원에 가는 게 좋겠다고 생각했다. 그 프로그램은 개그콘서트였다.

"우울증입니다."

의사가 말했다. 어느 퀴즈쇼에서 한 진행자가 외치던 '정답입니다!'를 연상시키는 깔끔한 진단이었다. 게다가 진단이 잘못됐을 가능성이 없으며, 동정심 같은 건 조금도 느껴지지 않는 확고에 찬 말투였다. 물론 그는 이러한 진단을 하루에도 몇 번씩 내리고 있을 터였다. 그래도 그렇지, 이쪽은 우울증이라는 걸 처음 알게 된 순간인데 조금쯤은 안됐다는 표정을 지어줘도 되는 거 아닌가?

'비극을 전하는 방식에도 여러 가지가 있군.'

나는 그렇게 생각하면서 물었다.

"그럼 어떻게 해야 하나요?"

의사는 알약을 처방해주었다. 어떻게 약이 기분을 바꿔주는 걸까? 약은 염증이 생기거나 열이 날 때 먹는 거 아닌가? 우울해서 약을 먹는다는 발상이 잘 이해되지 않았다.

그래서 나름의 결론을 냈다. 이 약은 가짜라고. 소화제 같은 걸 주면서 최면을 거는 거라고. 그러나 일단 받았으니까 먹어주마.

엄청 잘 들었다. 약효가 얼마나 좋은지 깜짝 놀랄 정도였다. 가슴속의 돌덩이를 빼낸 느낌, 깊은 물속에서 수면 위로 올라온 느낌이었다. 다만 오랫동안 헤엄을 친 것처럼 나른하고 몽롱하긴 했는데, 그럼에도 효과는 인류의 제약 기술을 감탄하기에 충분했다.

그러나 이 증언은 '우울증 약 최고! 지금 바로 드세요!'로 이어지지 않는다. 항우울제는 사람을 조금씩 더 우울하게 만들기 때문이다. 약을 먹은 직후에는 괜찮지만, 우울은 반드시 다시 돌아온다. 나는 그 원인이 자기폄하에 있다고 생각한다. 약봉지를 볼 때마다 드는 안 좋은 생각(나 우울증 걸려서 약 먹는 애야. 정신과 다니는 애야. 진짜 이상한 애야)과 그에 따른 자괴감을 피해가기 대단히 어렵기 때문이다. 자괴감이 나를 짓누르는 시기에는 뭘 하면 좋을까? 그걸 알게 된 건 좀 나중의 일이다.

형 그런 사람인 거 알잖아

가끔 대학 선배인 J를 떠올린다. J와의 인연은 젊음이 영원할 것 같던 어느 날, 대학 후문에 위치한 한 낡은 소줏집에서 시작됐다.

나는 외로워서 소주를 마시고 있었다. 함께 있던 친구도 나 못지않게 외로운 사람이었다. 우리는 수업을 빼먹고 거기서 생을 비관하고 있었다. 딱히 대책 있는 삶은 아니었지만 시간도 많고 할 얘기도 끊이지 않았는데, 한 가지가 모자랐다. 돈이었다. 이제 막 한 병씩 마신 참이었는데, 아무리 셈해봐도 더 이상 술을 시킬 돈이 없었다.

"어쩔래?"

"외상?"

"옆에 치킨집 외상부터 해결해야지."

"그럼 어쩔까?"

"근데 혜정이 너무 예쁘지 않냐?"

"야, 대화에 집중해."

그때였다. 문이 벌컥 열리더니 남자 둘이 들어왔다. 그중 한 사람은 낯익은 얼굴이었다. 바로 과에서 마당발로 소문난 J였다. '아무리 대낮부터 소줏집에서 인생을 비관하는 부류라 할지라도 J 정도는 알지'라고 할 정도로 그는 유명인이었다.

"찬스다!"

우리는 누가 먼저랄 것도 없이 속삭였다. 선배로부터 술을 얻어 마실 좋은 기회였다.

"여기 한 병 더 주세요!"

우리는 씩씩하게 술을 시켰다. 그 목소리에 J가 우릴 돌아봤다. 예상대로 J는 우리에게 반갑게 인사했다. 그리고 뜸 들이지 않고 우리가 그토록 듣고 싶던 말을 꺼냈다.

"같이 온 친구와는 국밥만 먹고 헤어질 거야. 친구 가고 나면 너희 테이블로 갈게."

'나이스!' 이제 마음껏 마실 시간이었다.

어느새 저녁시간이 오고, 친구와 나와 J는 소줏집 구석에 앉아 서비스로 나온 된장국을 뒤적거리며 인생을 논하고 있었다. 얼굴은 불콰했지만 집에 갈 생각 같은 건 누구에게도 없었다. 어차피 내일도 크게 할 일이 없었다. 수업이 있었지만, 그딴 건 어떻게든 될 거였다.

흔쾌히 후배들에게 술을 사주는 J는 참 좋은 사람이었다. 아쉬운 점이 있다면 말이 많다는 거였다. 하지만 술을 사준다는데 이야기 정도는 들어줄 수 있는 거 아닌가? 우린 잠자코 그의 이야기를 듣기로 했다.

"억지로 마시진 마. 형은 술 강요 안 하잖아."

과연 J는 술을 강요하는 사람은 아니었다.

"그런 고민이 있다면 형이 아는 사람을 소개해줄게. 형은 좋은 사람들 서로 엮어주는 거 좋아하잖아."

J는 도움 주고 싶어 하는 호인이기도 했다.

"힘들 것 같으면 형 자취방에서 자고 가. 형은 후배들 잘 재워주잖아."

J는 열린 자취방의 주인이기도 했다.

"아, 고맙다는 말은 됐어. 형한테 받은 만큼 나중에 니들 후배들한테 베풀어줘. 형도 그런 식으로 배웠잖아."

그런 얘기가 계속 반복되었다.

J는 좋은 사람이라고 하기에는 부족한 데가 있었다. 그는 좋은 사람보다는 외로운 사람처럼 보였다. 겉으로 보기에 그의 인품은 나무랄 데가 없었다. 그러나 그의 기묘한 말투에서 나는 끝없는 외로움을 느꼈다. '나는 이래'가 아니라 '나 이렇잖아'라고 말하는 사람. 선언이 아닌 동의를 구하는 사람. 내가 이런 좋은 면이 있다는 건 너도 알지? 제발 안다고 말해줘. 그렇게 매번 간청하는 사람. 자꾸만 자신을 증명하고 싶어 하는 사람. 그래서 안쓰러운 사람.

밤늦은 시간이었다. 저녁께 붐비던 술집은 다시 사람들을 뱉어내고 황량해져 있었다. 술자리를 시작했을 때와 같이, 손님은 우리뿐이었다. 달라진 게 있다면 한쪽 벽면에 쌓인 빈 술병들, 그리고 우리의 얼굴색이었다. 셋 다 얼굴이 잘 익은 토마토처럼 벌겠다.

나는 한쪽 벽면에 가득한 낙서들을 보고 있었다. 최초에 이 벽에 낙서를 한 사람은 누굴까? 맨 처음엔 뭔가를 써넣기에 부담스러울 정도로 깨끗한 벽이 아니었을까? 그런 부담을 이겨내고라도 글귀를 적어두고 싶었던 이유는 뭘까? 너무 외로워서 그랬나? 주인 할머니가 낙서 좀 하라고 시킨 건가? 대학가에 한두 곳씩 존재하는 유서 깊은 술집 특유의 정서를 연출하기 위해? J의 방식대로 말하자면, '여기 되게 오래된 집이잖아'라는 느낌인가? 그렇게 별 의미도 없는 낙서들을 관찰하고 있는데, 문득 J가 입을 열었다.

"아버지는 필리핀에 계셔."

음? 이상했다. 평소대로라면 "형 아버지는 필리핀에 계시잖아"라고 했을 텐데. 그는 좀 취한 모양이었다.

"사업 때문에."

J의 부친은 사업 때문에 필리핀에 사시는 모양이었다.

"거의 못 보고 컸지."

그 말에 나와 친구는 누가 먼저랄 것도 없이 각자의 빰을 때렸다. 술도 사주고 잠도 재워주겠다는 고마운 선배가 모처럼 자기 인생 얘기를 꺼내려는데 취해서는 안 되지! 그런데 J의 입에서 나온 말은 의외였다.

"집에 가자. 우리 집에서 잘 사람은 나랑 같이 가고."

J는 그렇게 말하고 계산을 하더니 밖으로 나갔다. 나와 친구는 허둥지둥 그를 따라 나섰다. 바깥은 생각보다 추웠다.

셋은 잠깐 말없이 걸었다. 힐끗힐끗 J의 표정을 살폈지만, 그는 많이 취한 건 아닌 듯했다. 우리는 J의 자취방까지 함께 걸었다. 그날 그의 방에서 잤던가? 기억이 나진 않는다. 그런 건 중요하지 않다. 나는 그날 이후로 J를 좋아하게 됐다. 비록 말끝마다 동의를 구하는 기묘한 습관을 가지고 있지만, 사람을 향해 적극적으로 손을 뻗는 사람. 유별난 점이 눈에 띄게 보이지만 들춰내고 싶기보다 감싸주고 싶은 생각이 드는 사람. 그는 충분히 인간적인 사람이었다.

얼마 전에 J를 만났다. 얘기를 들어보니 그는 여전히 마당발인 모양이었고, 말도 많았고, 술도 잘 사줬다.

"형이 낼게. 형 돈 잘 벌잖아."

J는 자기가 약간 유별나다는 걸 모른다. 앞으로도 모를 것 같다. 그런 건 중요하지 않다. 우리의 정서와 습관은 자라면서 들은 말들, 그 말들의 높낮이와 어휘들, 마주했던 표정들, 그런 많은 것에 의해 영향받고 모양을 갖춰나가는 거니까. 그런 면에서 우리는 모두 유별나니까.

나는 J에게 "형은 참 괜찮은 사람이야"라고 말해줘야겠다고 결심했다. 자리가 끝나고 그와 함께 지하철역 입구에 이르렀을 때, 나는 말했다.

"형, 그거 알아?"

"뭔데? 형 아는 거 많잖아."

순간 웃음이 나서 하려던 말을 멈췄다.

"아냐."

"뭔데? 빨리 말해. 형은 궁금한 거 못 참잖아."

나는 하고 싶은 말을 삼키고 도망치듯 계단을 내려갔다. 중간에 뒤를 돌아보니 J는 여전히 손을 흔들고 있었다. 나는 웃었다.

'형이 배웅은 또 끝까지 하잖아.'

그런 말이 들린 것도 같았다.

에이스로 불리는

그 사람

대기업에 다니는 김 부장은 유능한 사람이었다. 적어도 회사에선 그랬다. 그는 두 번이나 특진을 해서 사내 최연소 부장이 되었고, 그룹의 총수 앞에서 사업 성공 사례를 발표했을 정도로 업무에 탁월한 사람이었다.

그러나 김 부장에게는 치명적인 문제가 있었다. 그건 사람들과 소통할 줄 모른다는 점이었다. 그는 팀원들의 의견을 듣는 법이 없었고 공공연하게 자신이 옳다는 말을 반복했다. 그가 웃는 경우는 오직 자기가 뱉은 말이 재밌다고 여겨질 때뿐이었다. 그런 김 부장 밑에서 일하는 친구가 언젠가 이런 말을 했다.

"어쩌다 단둘이 술을 마시게 됐어. 근데 자꾸 어머니 얘기를 하더라고."

얘기인즉 이런 거였다.

김 부장의 모친은 자수성가의 아이콘이었다. 없는 집에서 태어나 없이 살다가 장사를 해서 돈을 많이 벌었다. 수입은 더 큰 사업을 위한 재투자로 이어졌다. 가게는 계속 커져나갔고 하나둘 분점이 생겼다. 동네 맛집에 불과했던 김 부장네 음식점은 이제 지역 명물을 넘어 모르는 사람이 없는 중견 기업 수준이 되었다. 연매출이 얼마나 한다더라? 자세한 수치는 기억나지 않지만, 들은 바에 따르면 본점의 발렛파킹 요원만 열 명이 넘는데, 그들 모두 저녁 내내 바쁘게 뛰어다녀야 할 정도로 장사가 잘된다고 했다.

사업으로 눈코 뜰 새 없이 바쁘던 어머니가 자식들에게 요구한 건 딱 하나였다. 서울대에 들어갈 것. 어머니의 성화에 김 부장의 누나들은 재수, 삼수를 거듭해 서울대에 들어갔다. 누나들은 그 뒤로 집에 잘 들어오지 않았다.

김 부장은 서울대에 가지 못했다. 재수는 하지 않겠다고 얘기하자 어머니는 별 말이 없었다. 대기업에 입사했을 때 그는 어머니를 찾아가 소식을 전했다. 어머니는 별 반응을 하지 않았다. 특진을 했을 때는 전화로 소식을 알렸다. 어머니는 별 관심을 보이지 않았다. 총수 앞에서 성공 사례를 발표했다는 소식은 문자로 전했다. 어머니는 어떤 답장도 하지 않았다.

나는 그 얘기를 들으면서 그리스 신화를 떠올렸다.

어느 날 요정 레이리오페가 강물에 휩쓸렸다. "살려주세요!" 그러자 강의 신 케피소스가 나타났다. 그런데 케피소스는 레이리오페를 도와주기는커녕 겁탈해버리고 만다. 그 결과 레이리오페에는 원치 않은 임신을 했고, 혼자서 출산을 하게 된다. 잘생긴 사내아이였다.

레이리오페는 아들을 보고 웃는 법이 없었다. 다정하게 말을 건네는 법도 없었다. 아버지는 없고 어머니는 냉담하니 아들은 다른 사랑의 대상을 찾아나섰다. 그가 결국 사랑하기로 한 것은 자기 자신이었다.

소년의 이름은 나르시스다. 이는 '무감각'을 뜻하는 그리스어 'nárkē'에서 비롯된 말이다. 레이리오페에게 아들의 존재는 기쁨이 아니라 무감각한 것이었다. 나르시스는 그렇게 방치되었고, 훗날 그의 이름을 딴 나르시시즘은 자기애적 성격장애를 뜻하는 용어가 되었다.

"근데, 거기서 더 마셨더니, 인간이 개차반이 되더라."

친구에 따르면, 김 부장은 실컷 어머니 얘기를 털어놓다가 한층 더 취하자 욕을 마구 남발했다고 한다.

크면서 빼어난 용모를 갖게 된 나르시스는 곳곳에서 구혼을 받는다. 그러나 자기 자신만을 사랑하는 그는 아무도 거들떠보지 않았고, 어느 날 평소처럼 호숫가에 비친 자신의 모습을 넋 놓고 보고 있다가 그만 물에 빠져 죽고 만다.

좋아요 중독자

아침에 눈뜨면 제일 먼저 하는 일이 뭔가요? 저는 눈뜨면 자리에 누운 채 휴대폰을 집습니다. 그리고 SNS를 켭니다. 인스타그램, 블로그에 들어가 간밤에 '좋아요'가 몇 개 눌렸는지를 봅니다. 좋아요가 많으면 뿌듯합니다. 좋아요가 없으면 '나는 외톨이고 우주는 사랑을 잃었고 내일은 절망뿐이야'라는 기분에 젖고 맙니다. 좋아요를 얻기 위해 새로운 포스팅을 해야겠습니다. 무슨 포스팅을 올려야 좋아요를 많이 받을 수 있을까요? 나무 위에서 바들바들 떨고 있는 새끼 고양이를 구한 이야기는 어떨까요? 우연히 잘나가는 래퍼를 만나 함께 사진을 찍었다는 스토리는 어떨까요? 무엇이든 좋으니 부디 포스팅에 도움이 될 만한 사건이 벌어졌으면 좋겠습니다. 오늘 하루가 인스타그램에 올릴 만한 하루였으면 좋겠습니다.

이토록 좋아요에 신경을 쓰다 보니 이런 상상도 해봤습니다. 처음 '좋아요'라는 버튼을 만든 사업가들이 이런 대화를 나누지는 않았을까 하고요.

"이 사업이 정말 잘될 수 있을까?"

"물론."

"어떻게 확신해?"

"좋아요는 중독적이거든."

좋아요의 의미는 무엇일까요? 아무래도 환대받는다는 의미일 것 같습니다. 환대받는다는 건 기쁜 일이죠. 환대가 없다면 삶은 무채색일 겁니다. 그런데 SNS가 없었을 때 우리는 어디에서 환대를 느낀 걸까요? 그런 생각을 하다보니 떠오르는 시절이 있습니다.

중학교 시절 만화책을 정말 좋아했습니다. 그땐 대여점이란 게 있어서 만화책 읽기가 참 수월했습니다. 하루가 멀다 하고 대여점에 들려 온갖 작품을 독파해나갔습니다. 대여점 아주머니가 가끔 간식을 챙겨줄 만큼 단골이었습니다.

어느 날은 만화를 그려보고 싶다는 생각이 들었습니다. 그래서 종이를 가져다가 이 장면 저 장면 베끼기 시작했습니다. 스스로가 생각하기에 솜씨가 썩 나쁘지 않았습니다. 그때부터 만화 그리는 법에 대한 책을 사서 읽기 시작했습니다. 인체 묘사의 기초, 칸 나누는 법, 만화적 연출의 이해 등을 접했습니다.

도구 이야기도 참 좋아했습니다. G펜, 둥근펜, 갖가지 잉크와 종이까지. 만화의 세계에서 사용되는 도구는 하나같이 저를 매료시켰습니다. 다만 그것들을 사지는 않았습니다. 제대로 된 도구들을 쓰는 건 프로들의 이야기지, 저와는 먼 얘기라고 생각했기 때문입니다.

그중에 스크린톤이라는 것이 기억납니다. 명암이나 패턴이 인쇄되어 있는 스티커 말입니다. 옷을 표현하거나 그림자를 만드는 데 참 유용한 도구죠. 당시 만화가들의 작업 후기를 보면 스크린톤이 비싸기 때문에 아껴서 쓴다는 말들이 많았습니다. '지금처럼 계속 그리다 보면, 언젠가 나도 스크린톤을 쓰는 멋진 만화가가 될 수 있을까?' 그 시절 밤마다 침대에 누워 그런 생각을 했습니다.

만화 마니아의 모습을 학교에서는 드러내지 않았습니다. 만화나 책을 좋아하는 쪽은 학교에서 별로 인기가 없었으니까요. 저는 다른 부류를 찾아갔습니다. 축구나 말뚝박기를 좋아하는 애들이었죠. 그 애들은 '매우'나 '대단히' 같은 부사 대신, 쌍지읒이나 쌍시옷이 들어가는 말을 많이 썼습니다. 저 또한 그들과 같은 어휘를 사용함으로써 그들에게 흡수되어 갔습니다. 그 애들과의 대화가 흥미진진하지는 않았지만, 함께 있으면 묘한 자부심이 들었습니다. 잘생겨서, 키가 커서, 운동을 잘해서 다른 친구들의 관심을 받는 애들이었으니까요.

당시 반에 마르고 까무잡잡한 여학생이 한 명 있었습니다. 희진이라는 이름의 조용한 아이였습니다. 희진이는 점심밥 정도는 친구들과 어울려서 먹었지만, 쉬는 시간엔 늘 혼자였습니다. 언제나 4분단 앞쪽, 자기 자리에 앉아 뭔가를 하고 있었습니다. 연예인한테 팬레터라도 쓰는 건가 싶었지만, 사실 별로 관심은 없었습니다. 희진이는 학교에서 주목받는 아이가 아니었고, 저는 주목받는 애들이랑 어울리느라 바빴으니까요.

그런데 희진이가 자리에서 뭘 하는지 알게 된 뒤 저는 그 애에게 관심이 생겼습니다. 그 애는 만화를 그리고 있었습니다. 저같이 캐릭터를 베껴 그리는 수준이 아니라 스토리와 대사가 있는 진짜 만화였습니다. 더군다나 희진이는 스크린톤까지 쓰고 있었습니다. 저는 그 애에게 말을 걸기로 했습니다. 어떤 내용의 만화인지, 펜은 뭘 쓰는지, 스크린톤을 만져봐도 되는지. 희진이는 귀찮은 기색도 없이 저를 대해주었습니다. 제가 가진 호기심에 비해 쉬는 시간은 너무 짧았습니다.

그 시절 우리는 키 순서대로 자리를 정했습니다. 키가 작은 학생들은 앞에, 큰 학생들은 뒤에 앉았죠. 그 시절엔 그게 당연한 거라고 생각했는데, 지금 다시 생각해보니 꼭 그럴 필요가 있었는지 잘 모르겠습니다. 앞사람이 좀 크다고 해서 시야를 완전히 가리는 것도 아니었는데 말입니다.

우리는 신체적 특징에만 기반한 이 자리 배열을 쉬는 시간마다 뒤엎었습니다. 쉬는 시간은 취미와 관심사를 매개로 친구들을 만나는 시간이었습니다. 말뚝박기파와 공기놀이파가 각각 그룹을 이루었습니다. 자기 자리에서 조용히 시간을 보내는 개별행동파 중에는 저도 있었습니다. 그때는 주로 이어폰을 끼고 너바나의 음악을 들었습니다.

그런데 그날은 다른 걸 하고 싶었습니다. 희진이에게 가서 만화 얘기를 나누고 싶었습니다. 4분단에 앉아 수업을 듣는 희진이는 오늘 따라 얼굴이 하얘 보였습니다.

비로소 다음 쉬는 시간이 되고 희진이에게 거의 다 다가갔을 때, 누가 제 팔을 낚아챘습니다.

“안 오고 뭐해!”

돌아보니 옆 반 남자아이 둘이었습니다. 어딜 가는 거냐고 물어볼 틈도 없이 저는 아이들에게 떠밀리다시피 하여

1층으로 내려갔습니다. 가보니까 1반의 영식이, 2반의 준호, 3반의 민혁이까지, 반에서 목소리 제일 큰 애들은 다 모여 있었습니다. 그런데 아무리 봐도 뭘 하고 있는지 알 수 없었습니다.

"여기서 뭐 하는 거야?"

그러자 영식이가 목소리를 깔면서 얘기했습니다.

"여기서 고개 들고 있으면 여자애들 팬티 보여."

그러곤 다 같이 킬킬댔습니다. 잠시 후 민혁이가 말했습니다.

"방금 이유진 팬티 봤다."

그러자 애들이 동요했습니다.

"어디 어디?"

그러자 민혁은 장난기 가득한 얼굴로 말했습니다.

"뻥이야!"

그러자 애들은 쌍지읒과 쌍시옷이 들어간 단어들을 마구 내뱉으며 호들갑을 떨었습니다. 그 와중에 민혁은 저를 물끄러미 보고 있었습니다. 저도 모르게 표정이 굳어 있던 탓이었습니다. 난데없는 팬티 얘기에 '여기서 대체 뭐 하자는 거지'라는 생각에 표정이 굳었던 모양입니다.

저는 제 마음을 잘 알았습니다. '난 교실로 돌아갈래. 가서 대화하고 싶은 애가 있어.' 그러나 막상 입을 열었을 때 튀어나온 말은 정반대였습니다.

"이유진 다시 지나갈 때까지 여기서 고개 들고 있자."

민혁이는 그제야 웃기 시작했습니다. 다른 친구들도 환호성을 지르며 킬킬댔습니다. 제 어깨를 두드리는 애도 있었습니다. 비로소 환대받은 기분이 들었습니다.

얼마 뒤 싸움을 하게 됐습니다. 상대는 같은 반의 남자애였는데, 왜 싸웠는지는 기억이 안 납니다.

우리는 서로를 마주보고 욕을 내뱉기 시작했습니다. 구경꾼들이 자연스럽게 모여들었습니다. 구경꾼들은 더 많은 구경꾼을 불러 모았습니다. 모두 한바탕 육탄전이 일어나기를 바라는 눈빛이었습니다.

상대의 말투는 처음엔 날카로웠다가, 점차 무뎌지기 시작했습니다. 이렇게까지 할 건 아니었는데 일이 너무 커졌다 싶은 모양이었습니다.

그때 구경꾼 몇몇의 얼굴이 눈에 들어왔습니다. 영식이, 준호, 민혁이였습니다. 영식이나 준호는 마치 좋은 구경거리가 났다는 듯 이죽거리고 있었습니다. 민혁의 표정은 좀 달랐습니다. 욕설만 주고받는 대치 상황이 계속되자, 그는 지루하다는 듯 고개를 돌렸습니다. 그때, 저도 모르게 몸이 움직였습니다. 저는 상대방을 향해 돌격했습니다. 우리는 서로를 껴안고 넘어졌습니다. 순식간에 제가 상대방 위에 올라탄 꼴이 되었습니다. 그리고 저도 모르게 상대의 뺨을 갈겼습니다. 저는 심장이 쿵쾅거리는 걸 느끼며 상대를 내려다봤습니다. 그에게 반격할 의사가 없다는 건 쉽게 알 수 있었습니다. 그의 얼굴은 분노가 아니라 수치심과 의문으로 가득했습니다. 대체 왜 이 일이 이렇게까지 커진 건지에 대한 의문이었을 겁니다. 저도 같은 의문을 안고 조용히 그의 몸에서 내려왔습니다. 구경꾼들은 '뭐야, 이게 다야?'라는 반응이었습니다. 그 시선을 의식한 저는 뒤를 돌아 아직 몸을 채 다 일으키지도 못한 상대방을 향해 나지막하게 읊조렸습니다.

"조심해라."

구경꾼들은 그제야 엔딩을 목격했다는 듯이 흩어지기 시작했습니다. 저는 몸도 마음도 너무 지쳐, 자리에 주저앉고 싶었습니다. 그때 누가 어깨를 두드렸습니다. 돌아보니 민혁이었습니다. 그가 자랑스럽다는 듯이 말했습니다.

"5반 핵주먹 새벽이."

그 말에 저는 웃었습니다. 좋아요를 받은 기분이었습니다. 저는 무용담을 좀 더 늘어놓을 생각으로 민혁 무리를 따라 계단 밑으로 갔습니다. 교실을 나서면서 보니, 희진이는 자리에 없었습니다.

싸웠던 일은 결국 선생님의 귀에 들어갔습니다. 수업이 끝나고 교무실로 불려 갔습니다. 뺨을 맞은 친구가 한발 먼저 와 혼나고 있었습니다. 제가 들어서자 선생님은 그 친구를 보내고 한층 더 목소리를 높여 저를 꾸짖기 시작했습니다. 평소 좋아하는 선생님이었는데 실망시켜드린 것 같아 마음이 괴로웠습니다.

그때 교무실의 문이 열렸습니다. 선생님은 문가를 향해 "어, 왔니? 들어와"라고 말했습니다. 학생 하나가 제 옆으로 와서 섰습니다. 그리고 선생님께 뭘 건넸습니다. 선생님의 심부름으로 교실에서 뭘 걷어가지고 온 모양이었습니다. 저는 계속 고개를 숙이고 있었으므로 그 애가 누군지 볼 수는 없었습니다. 근데 그 학생의 실내화를 보는 순간, 그 애가 누군지 알 수 있었습니다. 흰 실내화에 검은 유성펜으로 만화를 잔뜩 그려놓은 애는 우리 반에 한 명밖에 없었습니다.

갑자기 이런 글을 쓰게 된 건 오늘 회사에서 있었던 일 때문일 수도 있겠습니다. 누군가 정의롭지 않은 말을 마구 내뱉었는데, 저는 비굴하게 웃기만 했습니다. 그 사람이 저보다 상사였기 때문입니다. 제가 싱글싱글 웃으며 고개를 끄덕이자, 그는 기분 좋게 웃었습니다. 그러고선 '이 녀석은 역시 말이 좀 통해'라는 눈빛을 보냈습니다. 환대의 눈빛이었습니다.

민혁이나 다른 아이들이 지금 어떻게 살고 있는지는 모릅니다. 중학교 시절 이후 한 번도 연락해본 적이 없습니다. 만화를 읽거나 그린 지도 오래됐습니다. 요새 읽는 것은 주로 '시장동향 보고서', 그리는 것은 '판매계획 프레젠테이션' 같은 것들입니다.

희진이가 어떻게 살고 있는지도 모릅니다. 가끔 그 애의 이름을 인터넷 서점에서 쳐보기는 합니다. 혹시 그 애의 이름이 찍힌 만화책이 있으면 엄청 반가울 것 같아서요. 하지만 아직 검색되는 것은 없습니다. 희진이는 만화가가 되지 않은 걸까요?

저는 그 애가 분명 필명으로 만화를 발표하고 있을 거라고 믿고 있습니다. 그 필명이 무엇인지 알 수 있다면 열심히 그 애의 만화를 보며 응원할 텐데, 그러지 못해 아쉽습니다. 혹시 나중에 그 애를 다시 만나게 되면 이런 말을 하고 싶습니다. 그때, 만화 얘기를 더 나누지 못해서 아쉬웠다고요.

싸웠던 친구와는 화해할 기회가 있었습니다. 비록 고등학교에 진학한 후였지만, 어떤 계기로 만나 먼저 사과했습니다. 이미 너무 시간이 지난 후였지만, 그 일을 오래도록 후회했다는 마음을 전한 것은 참 다행이라고 생각합니다.

얼마 전에 이런 생각을 했습니다.

'좋아요란 거, 반드시 남이 눌러줘야 하는 건가?'

생각해보니 인스타그램은 자기 게시물에도 좋아요 누르는 걸 허용하고 있습니다. 그런데 저는 인스타그램에서도, 삶에서도 '셀프 좋아요'를 해본 적이 없습니다. 남들이 인정해줘야 '찐'이라고 생각했기 때문입니다.

방금 전에 회사 선배에게 문자가 왔습니다. 저녁에 술이나 한잔하자고 합니다. 그런데 오늘 저녁엔 선약이 있습니다. 혼자 서점 산책을 하다가, 책 한 권 사서 집에 돌아가기로 스스로와 약속했거든요.

평소 저는 술자리 요청을 잘 거절하지 않습니다. 거절하면 좋아요를 못 받으니까요. 한데 오늘 이 글을 쓰다 보니, 달라져야겠다는 생각이 들었습니다. 아쉽지만 선약이 있다고 답장을 보냈습니다. 표면상으로는 아무 일 없는 것 같지만, 걱정이 시작되었습니다. 제안을 거절했다는 이유로 상대방이 저를 싫어할 것 같다는 걱정 말입니다.

그런 생각을 떨쳐버리기 위해 곧장 서점으로 갔습니다. 인문학 코너도 기웃거리고 에세이도 몇 권 펼쳐 봅니다. 만화 코너에 이르러 표지에 적힌 작가의 이름을 살핍니다. 희진이가 그린 만화가 있을지도 모른다고 생각하면 가슴이 벅차 오릅니다. 서점에서 나오기 전, 나는 시집을 한 권 샀습니다. 시집 제목에 시선이 오래 머물었습니다.

사랑은 살려달라고 하는 일 아니겠나

황학주 시인의 시집입니다. 멋진 시구절을 읽는 것은 행복한 일입니다. 오늘 이런 행복을 누릴 수 있는 건, 거절하는 용기를 낼 수 있었기 때문입니다.

살아보니 인생은 꽤 괜찮은 것이더군요. 그러니 너무 염려 말고 즐겁게 살길 바랍니다. 별 걱정 없이 좋은 하루하루를 보내길 바랍니다.

링거를 맞으며

가면을 벗다

대학 친구에게서 전화가 왔다. 모 교수의 수업에 특강 강사로 와서 회사 생활 이야기를 좀 들려달라고 했다.

"그 교수님하고 별로 친분이 없는데…. 애들한테 해줄 얘기도 없고…."

"강의료로 이십만 원인가 준대."

"갈게."

어렸을 때 엄마는 늘 나에게 말했다.

"반장 선거하면 무조건 나가."

"무조건 손들고 발표해. 선생님들 눈에 띄어야지."

엄마는 내가 다른 애들보다 더 당당하고 씩씩하길 바랐던 것 같다. 나도 그런 사람이 되어야 한다고 생각했다. 다른 선택지는 나에게 주어지지 않았으므로. 그래서 시키는 대로 했다. 누군가 나서야 할 땐 가장 먼저 손을 들었고, 목소리 높여야 할 땐 누구보다 큰 소리를 냈다. 그러다 보니 반장, 신입생 대표, 신입사원 대표, 결혼식 사회, 발표 같은 걸 도맡아왔다.

주변 사람들은 이런 나를 보고 무대 체질이라고 했다. 행사에 와서 사회를 봐달라는 요청이 자주 들어왔다. 게다가 이번엔 특강 요청이었다. 찾는 곳이 점점 많아지니 로드 매니저라도 하나 둬야겠다고 속으로 너스레를 떨기도 했다.

특강 당일, 학교에 도착하니 학생들은 앞의 강사 얘기를 듣는 중이었다. 잠시 후 내 차례가 왔다. 연단 위로 올라가는데 이상하게도 숨쉬기가 힘들고 배가 아파왔다. '급체한 건가?' 대수롭지 않게 생각하며 연단 위에 섰다.

그런데 앞에 서보니 청중의 수가 생각보다 너무 많았다. 한 스무 명 예상하고 갔는데 앉아 있는 사람이 족히 백 명 이상은 돼 보였다. 난처한 상황에 놓였을 때 많이 쓰는 세 음절의 비속어가 자꾸 머릿속에서 울렸다.

청중의 수만큼 부담스러웠던 건 그들의 눈빛이었다. 내 대학 시절처럼 흐리멍덩한 눈으로 종이 울리기만을 기다리고 있을 줄 알았는데 아니었다. 다들 노트를 편 채 '지금부터 듣는 얘기를 하나도 빠짐없이 캐치하고 소화해 인생의 피가 되고 살이 될 시사점을 도출해내고야 말겠어'라는 표정이었다(적어도 내 눈엔 그렇게 보였다).

마이크를 잡고 말을 시작하려는데 좀처럼 입이 떨어지지 않았다. 손도 얼어붙어 있었다. 강의실이 너무 추운 게 문제인 것 같았다. 강의실 한쪽에서 교수가 어서 시작하라는 눈짓을 보냈다.

"안녕하세요?"

나는 겨우 말문을 열었다.

"이것으로 강연을 마치겠습니다."

몇 분이나 떠들었던 걸까? 아니 그것보다, 뭐라고 떠든 걸까? 하기야, 분량이든 내용이든 듣는 사람 마음에 들지는 못했던 것 같으니 상관없을지도 모르겠다.

강연을 마치고 청중을 둘러보자 웃는 사람도 없었고 고개를 끄덕이는 사람도 없었다. 교수가 마무리 멘트를 하자 학생들은 박수를 치기 시작했다. 인간의 박수소리라는 걸 처음 들어보는 외계인이더라도 '아아, 이게 바로 영혼 없는 박수구나'라는 걸 알아챌 만큼 마지못한 소리였다.

그 순간 갑자기 배의 통증이 심해졌다. 누군가 오장육부를 맨손으로 꽉 쥐어짜는 느낌이었다. 도망치듯 건물을 빠져나오자, 그때부터는 제대로 걸을 수 없을 정도로 아팠다. 택시를 잡아타고 가까운 응급실로 갔다. 너무 큰 고통에 비명을 지르며 들어가자 간호사들이 뛰어왔다. 총 맞은 사람이라도 온 줄 안 모양이었다.

한 시간 동안이나 소리를 지르니, 결국 의료진은 내게 마약성 진통제를 투여했다. 그걸 맞고 있다가 결국 잠이 들었다. 깨어나 보니 다행히 통증은 사라지고 없었다. 다만 뭔가 엄청난 게 지나갔다는 여운이 몸과 마음에 남아 있었다.

검사 결과를 들고 온 의사는 몸에 이상이 없다고 말했다. 그럼 대체 왜 아팠던 걸까? 의사도 그게 궁금했던 모양인지 어떤 상황에서 통증이 시작됐냐고 물었다. 사정을 설명하자 의사가 말했다.

"너무 긴장을 하신 것 같은데, 앞으로는 그런 상황을 피하시는 게 좋을 것 같습니다."

'긴장을 해? 내가?'

의사는 말을 이어갔다.

"가뜩이나 추운데 극도로 긴장해서 위경련이 난 모양이에요. 스트레스받는 상황을 가능한 한 피하세요."

의사는 그렇게 말하고 서둘러 다른 환자를 보러 갔다. 그가 사라진 뒤 나는 병상에 누워 조용히 생각했다. '나 천상 무대 체질 아니었나? 좌중을 압도하는 입담꾼, 청산유수의 임기응변의 달변가 아니었나?'

생각해보니 아니었다. 그동안 정말 사람들의 주목을 받아 본 적이 없었다. 학창 시절 학급 회의를 진행했다고 해봐야 초등학교 시절에 불과했고, 결혼식 사회를 많이 봐왔지만 하객이 주목한 건 신부와 신랑이었다. 실제로 관중의 주목을 받은 건 그날이 처음이었다. 내 몸은 그 부담감을 견뎌내지 못했다. 그것은 거대한 통증이 되었다. 한 번 더 이렇게 아파야 한다면 차라리 세상을 떠나는 게 낫겠다 싶을 정도였다.

'나는 무대 체질이 아니었다.'

한 방울, 한 방울 링거 속 약물이 떨어지는 것을 보며 나는 그렇게 '무대 체질'이라는 가면을 벗었다. 눈물이 주르륵 흘렀다. 무대 체질이 아닌 것도 모르고 고생해온 스스로가 가여워 그랬는지, 무대 체질이 아니라는 게 분해서 그랬는지는 알 수 없었다.

강연료로 받은 돈이 고스란히 진료비로 나갔다. 나는 진료비를 치르고 밖으로 나가 조금 걸었다. 그늘에서 햇빛 속으로 걸어 들어가자 몸이 금세 훈훈해졌고, 이내 정신도 맑아졌다. 나는 스스로에게 고백했다.

'나는 남들 앞에 서는 게 무섭다.'

고백을 들은 나는 나에게 말했다.

'괜찮아. 이제 남들 앞에 서지 말자.'

그 후 몇 달이 지났을까, 친구가 결혼식 사회를 봐달라고 부탁했다. 고민 끝에 나는 근래 있었던 일에 대해 털어놓았다. 야속하게도 나는 그 과정에서조차 불안함을 느꼈다. 상대가 나에 대해 실망할 거라고 생각했기 때문이었다.

그런데 친구는 대수롭지 않게, "몰랐던 면이 있었네. 그렇게 스트레스받는 일이면 하면 안 되지. 사회는 다른 사람 알아볼게"라고 말했다.

'몰랐던 면이 있었네.' 그건 내가 나에게 하고 싶은 말이기도 했다. 그런 면도 모르고 스스로를 너무 괴롭혀왔다.

나서지 않아도 괜찮아. 당당하고 씩씩한 연설가가 아니어도 괜찮아. 그렇게 나를 다독이며 이제는 일절 나서지 않고 산다. 그렇게 편할 수가 없다.

피카소의 비둘기

먼저 숫자로 알아보는 그의 인생.

파블로 피카소는 1881년 스페인의 남부 항구도시에서 태어나 스무 살 무렵 프랑스로 넘어간 뒤, 그곳에서 아흔한 살의 나이로 숨을 거둘 때까지 무려 5만여 점의 작품을 남긴 것으로 알려져 있다. 혹자는 작품 수가 5만이 아니라 1만3천여 점이라고 하는데, 어느 쪽이든 놀랍기는 매한가지다. 쉬지 않고 그림만 그렸다는 것 아닌가.

그러나 그는 방에 처박혀 그림만 그리는 사람이 아니었다. 피카소는 두 번 결혼했으며 세 명의 여성과 네 명의 자식을 낳았다. 두 번 결혼했는데 세 여성과의 사이에서? 놀라긴 이르다. 그는 대중에게 알려진 것만 해도 일곱 명의 여성과 애절한 사랑을 했다. 결코 캔버스 앞에서만 시간을 보내지는 않았다는 거다.

대체 이토록 왕성한 욕구는 어디서 오는 것인가? 나는 피카소가 애정결핍이었으므로, 그림도 사랑도 미친 듯이 했을 거라고 짐작한다.

피카소의 아버지 호세 루이즈 역시 화가였다. 그는 꽤 독한 사람이었다. 그는 비둘기를 그려야 한다며 아들에게 박제 작업을 시켰다. 어린 피카소는 영문도 모른 채 비둘기의 내장을 꺼내고 안을 솜으로 채우는 끔찍한 일을 해야 했다.

호세는 교육에도 매우 열정적이었다. 피카소가 다니는 학교의 관계자들을 설득해 상급생들과 같은 수업을 받게 할 정도였다.

열다섯 살이 되던 해 피카소는 집을 떠났다. 아버지가 그를 마드리드에 있는 학교에 진학시키기로 한 것이었다. 드디어 아버지의 손아귀에서 벗어나는 줄 알았으나, 아버지는 멀리서도 철저하게 아들을 통제했다. 그는 하루에도 몇 번씩 아들에게 전화를 걸었다. 그리고 그림에 대해 끊임없이 훈계했다. 둘은 자주 다퉜다. 하지만 상대가 되지 않았다. 그는 피카소의 태도가 불손해지면 용돈을 끊어버렸다. 피카소는 아버지의 손아귀에서 벗어나지 못한 채 십대를 보냈고, 스무 살이 되자 기다렸다는 듯이 파리로 도망쳤다.

피카소가 본격적으로 작품 발표를 하던 시기, 그는 아버지의 성인 루이즈를 버리고 어머니의 성인 피카소를 따서 파블로 피카소로 이름을 바꾸면서 이렇게 말했다.

"예술가는 자신의 아버지를 죽여야 한다."

아버지를 대하는 피카소의 태도는 양가적이다. 아버지는 그에게 극복의 대상이자, 꼭 인정받고 싶은 사람 중 하나였다. 그런 복잡한 심경이 그가 숱하게 남긴 비둘기 그림에 남아 있다. 그림 연습을 위해 직접 비둘기를 기르기까지 했던 아버지의 별명은 '비둘기 애호가'였다. 그런 아버지 밑에서 억압받던 피카소는 훗날 어떤 심경으로 비둘기 그리기를 반복한 것일까? 그리움이었을까, 미움이었을까? 잘 모르겠지만, 피카소가 비둘기를 통해 아버지를 추억했다는 것만큼은 분명해 보인다.

피카소는 1949년에 연인 프랑수아즈 질로와의 사이에서 딸을 하나 낳았다. 그는 딸에게 '팔로마Paloma'라는 이름을 지어주었다. 스페인어로 '비둘기'라는 뜻이다.

우리의 슬픔을 증폭시키는 것들

2

나 이렇게

살 사람 아닌데

동창인 N은 다정한 면이 심각할 정도로 부족하지만 이야기는 잘 들어주는 친구다. 나는 종종 그와 만나 술을 마신다. 그날도 그와 어느 노포에 마주 앉아 서비스로 나온 계란프라이를 찢으며 근황을 주고받고 있었다. 잠시 후, 나는 N이 내 이야기를 전혀 듣고 있지 않다는 걸 알아차렸다.

"왜 그래?"

내가 묻자 N은 놀라듯 되물었다.

"뭐가?"

"안색이 어두운데?"

N은 말을 아꼈다. 그러나 그의 가슴속 울분을 모른 척하기가 어려웠다.

"얘기해봐."

"뭘?"

"지금 널 괴롭히는 게 뭔지."

"사실…."

중학생 시절 N은 커트 코베인 티셔츠를 입고 전자기타를 치는 자유 지향적 인간이었다. 다만 그는 엄마가 시킨다는 이유로 바이올린을 배웠는데, 인생에서 그걸 제일 싫어했다. 그는 바이올린 수업을 갔다 오면 더러운 때를 벗겠다는 듯이 기타를 꺼내 육중한 헤비메탈 리프를 조지곤 했다.

고등학생이 된 N은 어디서 구했는지 《체 게바라 평전》

을 읽기 시작했다. 그리고 퀸, 레드 제플린, 지미 헨드릭스를 섭렵해나갔다. 그 시절 우리는 서로에게 CD를 빌려주며 함께 낭만과 저항에 대해 얘기하곤 했다.

대학생이 된 N은 광장으로 나가기 시작했다. 그리고 온갖 문제에 대해 외쳤다. 노동 문제, 신자유주의와 세계화 문제, 기후변화 문제, 난민 문제 등. N의 눈에는 세상에 문제가 너무 많았고, 그중 어느 하나도 묵과하기가 어려운 모양이었다.

졸업 후 그는 빈민국에 의료지원사업을 하는 직장에 취직했다. 그러나 겪어보니, 빈민국 지원과는 전혀 상관없는 일을 하는 데 더 많은 시간을 보내야 했고, 무엇보다 박봉이었다. 결국 N은 다시 취업을 준비했고, 끝내 내로라하는 대기업에 들어갔다.

N은 거대 자본가 집단에 대해 반감을 가지고 있었다. 그랬던 자신이 대기업에 취업한 일로 그는 일종의 자아 충돌을 겪는 것처럼 보였다. 한데 그런 것치고 그는 회사에 너무 빨리 적응해나갔다. 만날 때마다 그는 일 얘기를 했다. 옛날처럼 로큰롤 이야기를 나누면 좋을 텐데. 우리 머릿속의

로큰롤에 관한 데이터베이스가 점점 줄어들고 있었다.

"요새 어떻게 지내?"

만나서 근황을 물을 때마다 그는 말했다.

"그냥 회사원이지 뭐."

'그냥 회사원'이 무엇인지 정확히는 알 수 없었지만, 그가 그것을 썩 탐탁지 않게 생각한다는 것 정도는 알 수 있었다.

N이 입을 열었다.

"회사에서…."

순간 김이 팍 샜다. 고작 회사 얘기였다니.

"아니다. 재미없는 이야기야."

N은 고개를 돌리며 말했다. 보나마나 재미없는 얘기일 게 뻔했지만, 측은한 생각에 닦달을 했다.

"회사원이 회사 스트레스 많은 게 당연하지 뭘 그래. 얘기해봐."

"아냐. 내 인생에서 회사 일 따위가 뭐가 중요하다고."

"네이버의 창업자가 한 말이 있어. '훌륭한 리더는 말을 자주 바꾼다'는 말."

"그게 뭔 소리야?"

"네이버는 원래 웹툰 서비스를 할 생각이 없었대. 직원들이 웹툰 서비스를 기획해 오자, '우리가 스포츠 신문입니까!' 하고 돌려보냈대."

"그런데?"

"지금 네이버가 한국 대표 웹툰 채널 아니냐. 그게 어떻게 가능했겠어?"

"중간에 태도를 바꿨겠지."

"그렇지. 근데 대표 본인도 자기가 뱉은 말이 있는데, 갑자기 태도를 바꾸기가 민망했을 거 아니냐. 그래서 그런 말을 한 거야. 훌륭한 리더는 말을 자주 바꾼다고."

"그게 뭔 소리야?"

"너도 좀 뻔뻔해지라는 거지. 말 좀 바꿔도 괜찮아. 네가 한때 광장에서 사람들을 선동하는 극성 반자본 운동가였다는 게 뭐 어때서 그래? 네가 그때 혁명을 위해 몸을 불사르자고 외치고 다녔으면 좀 어떠냔 말이야."

"그 정돈 아녔지."

"그때 너는 네가 옳다고 믿는 일을 한 거고, 지금은 네게 필요하다고 판단하는 일을 하는 거잖아. 어제의 너와 오늘의 네가 상충할 수도 있지. 중요한 건 너가 네 인생의 리더라는 거야."

"뭔 말인지는 알았어. 아무튼 네이버 얘기 재밌네. 그 얘긴 어디서 들었어?"

"아, 그거 책에서 본 건데…."

무슨 책이었는지는 기억이 안 났다. 그래서 그냥 계속 그를 놀리기로 했다.

"난 네가 꼭 이 땅에 혁명의 깃발을 꽂을 줄 알았는데."

그러자 N이 고개를 떨궜다. '부끄러워하지 마'라고 하려는데, 자세히 보니 그는 울고 있었다.

"나, 진급에서 떨어졌다."

N이 벌써 과장이 될 때가 됐나? 로큰롤 키즈 시절로부터 시간이 많이 흘렀구나.

진급 누락 따위, 우주적 관점에서 보면 아무것도 아니다. 그러나 당사자에게는 무척 충격적인 일이다. 과장이란 호칭이 탐나서가 아니라, 월급 인상이 절박해서가 아니라 일에 바쳐온 정성과 시간에 대한 평가가 이 정도라는 게 너무 서러워서다. 직장 다니는 사람이라면 그 마음을 잘 알 거였다. 다만 N에게는 낯선 감정이었던 모양이었다.

"회사 같은 거 내 인생에 별로 중요하지도 않다고 생각했는데, 이렇게 분하다니."

N은 진급 누락이 분한 것에 더해, 진급 누락에 자신이 분해한다는 사실이 또 분한 모양이었다. '나 이렇게 살 사람 아닌데' 하고 번민하는 모양이었다.

N은 그날 후련하게 울었다. 나는 이 이야기를 책에 담아 그를 평생 놀려주겠다는 굳은 결심을 하며 묵묵히 그의 이야기를 들었다.

요새도 N에게는 자주 문자를 보낸다. "오늘 한잔?" 그러나 그는 나의 제안을 자주 거절한다. 뭐 하느라 바쁜가 물어보면 '내일 있을 사장님 보고 준비'하느라 그렇단다. 그럼 나는 비난의 문자를 보낸다.

대기업 과장 되더니 사람이 이렇게 변하네. 거대 자본가 세력을 무너뜨리자던 놈이.

그러나 돌아오는 건 '엄지척' 이모티콘뿐이다. 그는 꽤 뻔뻔해졌다. 좋은 일이었다.

우리만의 작은 세계

S는 남자를 좋아하는 남자다. 이 사실을 아는 사람은 지구상에 몇 없는데, 대부분은 그와 만났던 남자다. 그와 연애관계에 있지 않으면서 그의 정체성을 아는 사람은 딱 한 사람뿐인데, 바로 나다.

S는 내게 털어놓은 게 최초의 고백 경험이라고 했다. 나는 그 말이 너무 아팠다. 남자를 좋아하든 여자를 좋아하

든 비둘기를 좋아하든 토끼를 좋아하든, 그게 뭐라고 이 나이 먹도록 자신을 감추고 살았나.

몇 해 전에 서울 시청에서 열린 퀴어 축제를 구경 갔던 적이 있다. 퀴어 축제에서는 어떻게들 노나 궁금해서 가봤는데, 흥겨운 노래와 춤, 유쾌한 유머와 웃음이 어우러진 활기 넘치는 행사였다.

내가 여기에 있다

시청 광장을 둘러싸고 있는 축제 부스를 구경하다 발견한 글귀였다. 여기에 참석한 많은 사람은 자기 정체성을 언제부터 숨기고 살아야 했을까? 이성애자가 규정해놓은 '정상'과 '비정상'이라는 틀 속에서 얼마나 무시당하고 상처받아 왔을까? 학교 선생님께 털어놓자 감수성 풍부한 시절에 겪는 착각이라고 일축했다는 이야기, 부모님께 말했더니 정신병원에 가자고 했다는 이야기, 자신의 성정체성을 숨기지 않기로 결심한 뒤로는 친척들을 한 번도 만나지 못했다는 이야기 등…. 나는 그런 얘기들을 떠올리며 '내가 여기에 있다'라는 일견 무덤덤해 보이는 이 글귀가, 실은 얼마나 절박한 호소인가를 생각했다.

S는 내게 커밍아웃을 한 뒤 다른 어떤 사람에게도 그 사실을 털어놓지 않았다. 친한 친구들한테는 얘기할 수 있을 것 같지 않냐고 물었더니, 친한 친구들이란 놈이 툭하면 성소수자 혐오 발언을 한다고 했다. S는 그 분위기에 휩쓸려 자기도 모르게 "어휴, 그 게이 새끼들"이란 표현을 쓴다고 했다. 당당히 자신을 밝히지 못하는 문제보다, 무리에 끼지 못하는 게 더 걱정인 그 마음이 어쩔 수 없이 이해가 되었다.

그 문제만 빼면 S는 평범하게 잘 산다. 돈 없고, 집 없고, 가족 문제 끊이지 않고, 회사에서는 압박 심하고, 고객은 늘 진상이라고 한다. 우리 모두와 별반 다르지 않게 산다는 얘기다.

만나서 술을 한잔하고 헤어질 때면 S는 늘 고맙다고 말한다. 그러면 나는 S를 꼬옥 안아준다. 그렇게 하여 작은 우리만의 세계를 힘겹게 만들어낸다. 혐오와 차별이 범람하는 이 거대한 세계 속, 고맙다는 인사와 포옹으로 만든 우리만의 작은 세계.

나는 그로부터 좋은 소식을 기다린다. 애인이 생겼다는 소식보다는, 안심하고 속내를 털어놓을 수 있는 사람들이 생겨서 다시 커밍아웃했다는 류의 소식을 기다린다. 우리의 작은 세계가 좀 더 확장되었다는 소식을 기다린다.

보름달

vs

그냥 달

S에게. 잘 지내니?

곧 추석이 다가와. 추석이라고 해서 새삼 큰 감흥이 드는 건 아니지만. 게다가 요즘 시대의 추석 일정이란 한결 간소해서 무엇을 해야 할지 고민이 들 정도지만.

어릴 때의 추석은 보다 꽉 차 있었어. 온 친척이 할머니와 할아버지의 산소에 모였지. 다 같이 벌초를 하고 돗자리 위에서 음식을 먹었어. 하늘은 짙푸르고 밥은 꿀맛이니, 저마다 '아 좋다' 하며 감탄하지 않는 이가 없었어. 그 좋음을 위해 엄마가 헌신을 강요받았다는 건 나중에 알았어.

전문대를 졸업한 뒤 학교 영양사로 일하던 엄마는 이십 대 후반에 선을 봤어. 그리고 팔 남매 중 장남이라는 아빠와 결혼을 했지. 시집살이는 버거웠어. 엄마는 매일 부엌에서 밥을 했어. 그나마 모두가 회사에 가거나 학교에 간 뒤, 뜰에서 시어머니와 커피를 마시는 시간이 좋더래. 할머니란 분은 시어머니보다는 같은 여성으로서 엄마에게 다가갔던 모양이야.

아이들이 태어나면서 엄마와 아빠는 시댁을 떠났어. 이제 적어도 남의 식구 밥은 안 해도 되었던 거지. 그런데 형이 태어나자마자 아빠는 중동으로 가야 했어. 그땐 해외 개발 사업이 붐이었고, 회사는 아무렇지 않게 남자들에게 해외 발령을 내버리곤 했지. 어차피 애들은 여자들이 키우면 된다고 생각했으니까. 당시 성남의 어느 낡은 주택에 살던 엄마는 그때, 아빠도 없는 외진 집이 무서워서 형을 붙들고 노래를 하면서 버티곤 했대.

세월이 많이 흘렀어. 중동에서 외화를 벌던 남자는 칠십대 노인이 되어 가는 귀가 먹었고, 철없던 그의 둘째는 어느새 결혼해서 한 아이의 아빠가 되었지. 엄마? 엄마는 여전히 부엌에서 밥을 해. 그리고 손주를 자주 돌봐줘. 이제 일흔을 향해 달려가는 엄마는 아직도 그렇게 살고 있어.

외국에 살던 학창 시절의 일인데, 동양인이라는 이유로 욕을 들은 적이 있어. 졸업하고 들어온 한국에서는 이등병이라는 이유로 맞아야 했고. 또 살면서 남자라는 이유만으로 경계당한 적도 많았지. 그때마다 감옥에 있는 기분이었어. 쇠창살보다 더 단단한 편견의 창살로 이루어진 감옥.

네가 처음 내게 말해준 날 기억나? 네가 남자를 좋아하는 남자라는 사실을 말이야. 너는 그게 첫 커밍아웃이라고 말했지. 나는 그 말이 몹시 아팠어. 서른이 넘도록 자신에 대해 똑바로 말해본 적이 없다는 사실이 어찌 아프지 않겠어. 너도 감옥에서 살았구나. 네 감옥은 심지어 독방이었구나 싶어, 나는 너를 오래 끌어안고 있었지.

〈윤희에게〉라는 영화를 봤어. 공장 구내식당에서 남의 밥을 짓고 퍼 담는 여자 윤희의 이야기야. 윤희는 여자라는 이유만으로 고졸이 됐어. 당시 부모가 오빠만 대학에 보내주었기 때문이지.

윤희는 언젠가 자신을 찾아온 사랑에 대해 당당하게 말해. 그러나 부모는 윤희를 정신병원에 보내 치료를 받도록 만들지. 윤희가 좋아한다고 말한 게 여자였으니까. 그리고 오빠란 사람은 소개팅이란 명분으로 윤희를 거의 반강제적으로 결혼시켜버려. 그렇게 해서 태어난 딸이 새봄이야.

이야기는 새봄이 한 통의 편지를 받으며 시작돼. 정확히는 엄마인 윤희에게서 온 편지이지만 새봄은 궁금했나 봐. 늘 회사-집-회사-집을 반복하며 사는 엄마에게 대체 누가 손편지를 보낸 걸까? 그것도 해외에서.

편지를 읽고 난 새봄은 자초지종은 잘 모르겠지만 편지를 쓴 사람과 엄마를 만나게 해줘야겠다고 생각해. 그래서 계획을 세우기 시작하지. 모녀는 눈이 잔뜩 쌓인 일본의 작은 마을 오타루로 날아가고, 새봄은 거기서 윤희 몰래 사람들을 만나. 편지를 쓴, 윤희의 옛 연인인 쥰. 써놓고 보내지 못한 편지를 대신 부쳐준, 쥰의 고모 마사코를.

영화는 마침내 윤희와 쥰의 재회 장면으로 끝이 나. 그리고 윤희의 속마음이 편지 나레이션을 통해 관객에게 전해져. 아주 아름다운 음악과 함께 말이야. 그 장면의 카타르시스가 어찌나 센지, 나는 울면서 '참 좋은 영화다'라고 몇 번이고 되뇌었어. 그리고 두 가지 생각을 했어. 하나는 담배를 피워야겠다는 생각이었고, 다른 하나는 달에 관한 생각이었지.

S야, 기억나? 초등학교 때였나, 달의 여러 이름에 대해 배우던 때를 말이야. 초승달, 그믐달, 상현달, 하현달, 보름달… 이름이 왜 이렇게 많던지. 하지만 그땐 별생각 없이 그걸 외웠던 것 같아. 오래전부터 내려오는 분류법인 데다 교과서에 실려 있는 거니까.

지금 생각해보면 웃기는 일이야. 우리는 하루가 멀다 하고 달을 다르게 바라봤어. 사람들이 꽉 찬 달을 보면서 신기해하고 소원을 비는 걸 보고 달은 얼마나 웃겼을까? 달은 언제나 한 가지 모습으로 있었을 뿐인데 말이야. 저들 멋대로 완전한 달과 완전하지 않은 달을 나누어놓고 차별하는 모습에 달은 얼마나 기겁을 했을까?

이제는 사람들이 좀 알았으면 좋겠어. 초승달이니 그믐달이니 하는 것, 고작 우리의 시선 문제라는 것을. 달은 언제나 보름달이라는 것을. 뭐라고 불리든 달은 언제나 완전한 모습으로 존재하고 있다는 것을.

이름이 너무 많아 문제라는 생각이 들어. 달은 상현달, 하현달 할 거 없이 그저 달로 내버려두었으면 어땠을까? 여자, 남자, 노인, 청년, 장애인, 비장애인 이렇게 나누지 말고 그냥 사람이라고 불렀으면 어땠을까? 이성애, 동성애 할 것 없이 사랑은 그저 사랑이라고 불렀으면 어땠을까? 그랬다면 엄마도 나도 너도 윤희도 덜 괴롭지 않았을까?

이 모든 게 언어의 문제라고 생각하니, 가끔은 언어에 진절머리가 나기도 해. 그럴 땐 음악을 들어. 언어의 잔혹성이 완전히 배제된, 아무런 가사가 없는 연주음악을 말이야. 요새는 '만월'이라는 곡을 자주 들어. 〈윤희에게〉의 OST인데, 한번 들어봐. 너도 분명 좋아할 거야.

우리 곧 만나자. 만나서 등산도 하고 막걸리도 먹자. 분명 수다가 끊이지 않는 하루가 될 거야. 너는 주로 최근에 했던 소개팅 얘기, 나는 애 키우는 얘기를 하겠지만, 어차피 같은 주제잖아. 모두 사랑이라는 같은 이야기에 불과하잖아.

타인을

외롭게 만든 죄

아내가 임신했다는 소식을 들으면 마냥 기쁠 줄 알았다. 당연하게도, 겪어보니 아니었다. 당황해서 허둥대는 시간이 대부분이었다. 순이가 눈앞에 두 줄이 뜬 임신 테스트기를 꺼냈을 때, 우리는 우선 포옹을 했다. 그러나 그다음부터 뭘 해야 할지 몰랐다. 가족들에게 전화해서 소식을 알려야 하나? 병원에 가서 출산 일정을 잡아야 하나? 주민

센터에 찾아가서 임신 신고를 해야 하나? 자가용 뒤쪽 창문에 '임산부가 타고 있어요'라는 스티커를 붙여야 하나?

지금 와서 생각해보니, 그때 우리가 해야 할 일은 서로에게 축하의 인사·감사의 인사·사랑의 인사를 충분히 건네고, 매일 조금씩 걷고 따뜻한 물을 자주 마시기로 다짐하며, 다이어리를 꺼내 언제 주변에 소식을 전할지, 언제 병원에 가야 할지, 휴직은 언제부터 할지, 그런 것들을 정해나가는 일이었다. 그러나 우리는 그저 평소처럼 널브러져 TV를 보다가 잠들기 바빴고, 시간은 빠르게 흘러갔다.

순이의 입덧이 끝날 무렵 위기가 찾아왔다. 그때 순이는 좁고 깊은 자신만의 동굴로 숨어버렸다. 당연히 외부인은 출입 금지였다. 퇴근한 뒤 돌아가 방문을 열어보면, 그는 등을 돌린 채 벽을 보고 누워 있었다. "왔어?"라는 말은커녕 눈길도 주지 않았다. "다녀왔어"라고 말해도 고개를 돌리지 않았다. 처음엔 오죽 힘들면 저럴까 싶었다. 그러나 그런 일이 자꾸 반복되자 점점 화가 나기 시작했다. 결국 참지 못하고 격앙된 어조로 말했다.

"퇴근하고 들어왔는데 어떻게 눈길 한번 안 주니?"

그러면 되돌아오는 답은 이랬다.

"왜 또 이래?"

그런 식의 대화가 몇 주간 이어졌다.

"다녀왔어."

"…."

"내 기분은 전혀 생각지도 않아?"

"왜 또 이래?"

"여보, 우리 부부 아니야?"

"왜 또 이래?"

"우리 서로 얼굴이라도 좀 보고 인사하자."

"왜 또 이래?"

'왜 또 이래'가 내 이름처럼 들리기 시작할 무렵, 나는 삐딱선을 타기 시작했다. 퇴근하면 곧장 집으로 향하는 대신 모임을 만들어 술을 마셨다. 집에 가봤자 싸우기만 하는 걸 뭐. 부모한테 반항하는 아이의 심정으로, 늦은 귀가는 지속되었다. 나는 그렇게 하면 순이가 백기를 들 줄 알았다. 하지만 집에 일찍 가나 늦게 가나 그의 반응은 한결 같았다. 등 돌린 채 묵묵부답. 서운하고 외롭다고 하소연하면 돌아오는 건, "왜 또 이래?"였다.

어느 날은 몹시 화가 나서, 당신 신경 쓰지 않고 내 마음대로 살겠노라 으름장을 놓고 밖으로 나갔다. 기세 좋게 나갔는데 갈 데가 없어, 대학 선배가 하는 호프집을 찾아갔다. 일단 선배를 만나 결혼제도의 부조리에 대해 건설적인 토론을 한 차례 하며 맥주 한 짝을 비울 요량이었다.

선배는 말없이 차가운 맥주 두 잔을 콸콸 따라왔다. 우리는 늘 해왔던 대로 원샷을 했다. 잔을 탁! 내려놓으며 준비해온 얘기를 꺼내려는데, 선배가 먼저 입을 열었다.

"니 형수가 이혼하잔다."

나는 그날 꼼짝없이 그와 함께 잔을 부딪치며 그가 겪고 있는 결혼생활의 위기에 대해 들었다. 물론 내 얘기는 하나도 하지 못했다. 한바탕 술이 돌자 돌연 순이가 몹시 그리워졌다. 곧 자리를 정리하고 집으로 향했다.

어설픈 일탈 계획과 거대한 양의 맥주와 남의 결혼생활

애기까지, 내 마음에는 한차례 폭풍이 지나갔는데, 순이의 세계는 고요하기만 했다. 그는 여전히 등을 돌린 채 눈을 감고 누워 있었다. 결국 또 싸우고 말았다. 모든 게 원망스러웠다. 밤새 달리기를 하든 나가서 술을 더 마시든 해서 이 울분과 참담함을 떨쳐내고 싶었지만, 다음 날의 출근을 생각하면 그럴 수 없었다. 나는 샤워를 마친 뒤 거실에 이부자리를 폈다.

다음 날 회사는 고맙게도 유난히 바빴다. 마음이 어지러울 땐 바쁜 게 큰 힘이 된다. 분주함 속에서 마음의 평온함을 되찾게 도와준 일과를 끝내고 퇴근길에 나서는데, 기분 좋은 바람의 감촉이 느껴졌다. 모르는 사이 기온이 부쩍 포근해져 있었다. 마음 한구석에서도 따스함이 순식간에 스며들었다. 문득 지하철 입구 옆에서 팔고 있는 꽃다발이 눈에 들어왔다. 결혼식 날, 부케를 한아름 안고 있는 순이의 모습이 떠올랐다. 세상에서 가장 아름다웠던 그날의 순이는 지금의 순이와 같지만 달랐다.

순이는 난생처음 신체적·심리적 변화를 겪는 중이었다. 몸 안에서 새로운 생명이 자라고 있었다. 고작 "회사 일 하느라 애썼다" "집안일 하느라 수고했어"라는 말이 듣고 싶어 안달이 나 있던 나에게, "내 몸속에는 또 다른 생명이 자라고 있는데!"라고 외치고 싶었을지도 모른다. 생각이 거기까지 다다르자 나는 나에게 죄목을 내렸다. '순이를 외롭게 만든 죄.'

부부의 텃밭에 어떻게 항상 꽃이 피겠나
땅이 비쩍 말라 갈라지는 순간도 있겠지
그럴 땐 내가 꽃 한아름 사서 놓아두리

꽃과 함께 건넨 카드를 읽은 순이는 활짝 미소를 지었다. 몇 개월 만에 보는 미소였다.

내 결혼생활은 여전히 롤러코스터 위다. 내리막을 겪을 때마다 결혼제도의 부조리에 대해 마구 토론하고 싶어진다. 그러나 내리막이 끝날 때마다 우리는 조금씩 더 단단해진다. 계절은 어느새 여름이다. 우리는 계절처럼 돌아 서로에게로 갈 것이다.

나씨나길

나는 회사 업무, 육아 외에도 하는 일이 꽤 많다. 팟캐스트 방송•, 블로그에 글쓰기, 그림 그리기 등을 꾸준히 하고 있

• 〈교양 코미디쑈 상식의 시대〉라는 팟캐스트를 2019년부터 운영하고 있다. '팟빵' 앱에서 들을 수 있다.

고, 운동과 외국어 공부도 틈틈이 하고 있다. 결혼 전에는 밴드 활동까지 했었다. 주위에선 이런 나를 보고 삶의 에너지가 대단하다고 했고, 나는 이런 것들이 나의 정체성이라고 나름 자랑스럽게 여기며 살아왔다. 그런데 어느 순간 모든 의욕이 거짓말처럼 사라졌다. 움직이는 것은 고사하고 생각 자체가 하기 싫었다. 시쳇말처럼 그냥 숨만 쉬고 싶었다. 이게 말로만 듣던 번아웃 증후군인가? 결국 평소에 해오던 모든 것을 내려놓고, 아무것도 하지 않기로 했다. 영혼 없는 얼굴로 출근해서 멍하니 키보드를 두드리며 기계처럼 일하다가, 퇴근하고 집에 와 냉동 음식 데워먹고 누워서 유튜브를 보다가 자는 하루를 반복했다.

그런데 문제는 이런 생활이 나를 꽤 불편하게 만든다는 거였다. 마치 나쁜 짓을 한 것마냥 불안함과 죄책감이 내 안에서 활개를 치고 있었다. 미국의 칼럼니스트인 앤 헬렌 피터슨은《요즘 애들》에서 "요즘 사람들은 그냥 쉴 때조차 죄책감을 느낀다"라고 했다. 그걸 읽으면서 '에이 설마…' 라고 생각했는데, 맙소사, 내가 그런 사람이었다니!

왜 나는 나에게 쉼을 허용하지 못하는가? 곰곰이 생각해보니, 성실, 노력, 열정 이런 가치들은 타인을 향한 내 존재 증명 방식이었다. 물론 그게 전부는 아니었겠지만, 내 안의 인정욕구가 적지 않은 지분을 차지한 것은 부정할 수 없다. 나는 평생 타인의 시선을 내 삶의 중심에 두며 살았다. 부모님은 물론 친구, 선생님, 이웃, 심지어 인스타그램에서 '좋아요'를 주고받는 외국인들의 시선까지 신경을 써왔다. 시간은 타인의 기억에서 내 존재를 희석시키기 때문에, 그들을 향한 나의 존재증명은 주기적으로 반복적으로 이루어져야 했다. 그런데 쉬는 행위로는 아무것도 증명하지 못한다. 그러니 죄책감을 느끼는 건 당연했다.

공현이란 사람이 있다. '남의 시선 따위 신경 쓰지 않는 분야'란 게 있다면, 그는 그 분야에서 일인자일 거였다. 그는 고등학교 때부터 두발 규제 문제를 계기로 청소년인권운동을 시작했고, 대학에 들어가서는 학벌주의가 잘못됐다며 다니던 대학을 때려치우며 대학거부운동을 했다. 그리고 기다렸다는 듯 날아온 입영통지서에, 획일적 국가주의에 반대하며 "응, 안가"로 대응했고, 그로 인해 1년이 넘도록 수감생활을 했다.

대학 졸업장도 필요 없고 전과자 딱지도 두렵지 않은 단단한 자기 확신. 요즘 말인 '나씨나길'이 떠오른다. '나는 씨발 나의 길을 간다'는 뜻이다. 여기서 '씨발'를 최대한 점잖게 풀어 쓰면 '남들이 뭐라든' 정도가 될 것 같다.

사회적 존재인 인간이 사회적 가치 경향에 자유로울 수 없는 건 당연하다. 하지만 사회적 시선 권력이 나를 지배할 정도로 커질 때, 우리는 스스로를 소외시키게 된다. 현재 자본주의 사회는 삶의 목표를 돈으로 설정하게 만들고, 그 결과 우리가 하는 모든 행위와 생각은 돈에 초점을 맞추게 된다. 자신이 가진 신념, 꿈 등은 점차 뒤로 밀려나고, 나중엔 사회적 욕망이 그 자리를 차지하게 된다. 그 경향은 세대가 지날수록 더 강해지는 것 같다. 피터슨은 "밀레니얼은 자신을 걸어 다니는 이력서로 완전히 개념화한 최초의 세대다"라고도 했다. 다들 걸어 다니는 이력서가 되겠다는 마당에 자기만의 길을 가려는 사람은 또라이가 돼야 한다. "그래, 씨발 어쨌거나 나는 나의 길을 갈 거다." '복세편살(복잡한 세상 편하게 살자)' '나씨나길' 같은 표현이 안타깝게도 들리는 이유다.

아무래도 그를 만나봐야겠다고 생각했다. 그토록 강직한 사고방식은 대체 어떻게 만들어진 건지, 나에게도 전수해 줄 수 있는지.

햇살 따스하고 바람 간지러운 봄날, 나는 그를 만나기 위해 영등포에 있는 청소년인권운동연대 사무실로 찾아갔다. 그는 단발머리를 하고 개량 한복을 입고 있었다. 가벼운 인사를 주고받은 뒤 나는 그가 해온 일들에 대해 물어보기 시작했다.

"불안하지 않았어요?"

"딱히 그런 건 없었어요."

공현은 담담하게 말했다. 나는 어떻게 하면 그렇게 흔들림이 없을 수 있느냐고 물으려다, 질문 자체가 잘못됐다는 생각이 들어 그만두었다. 그 질문은 '당신처럼 되려면 어떻게 해야 하는 건가'에 지나지 않았고, 누군가처럼 되겠다는 발상 자체가 이미 나써나길과는 거리가 먼 것 같았기 때문이다.

"저를 포함해서 요즘 청년들이 죄책감을 느끼는 이유가 뭘까요?"

"'놀면 안 된다' '쉬면 안 된다' '발전하지 않으면 안 된다' 이런 마음을 가진 분들을 자주 봐요. 이건 우리 사회에 만연한 경제 성장 이데올로기와 맞닿아 있는 것 같아요. 끊임없는 성장, 그게 가능한 얘길까요? 저는 아니라고 생각해요. 사회든 개인이든, 어떻게 무한 성장을 할 수 있겠어요."

사람들은 마음공부나 글쓰기 같은 건 정년 후에 해도 늦지 않다며 모두가 입을 모은다. 그들은 왜 정년 후를 꼽을까? 그건 성장을 멈춰도 되는 시점이라고 생각하기 때문일 것이다. 바꾸어 말해 은퇴 전까지는 꾸준하고 쉼 없이 성장해야 한다는 얘기다.

"물론 성장을 부정하는 건 아니에요. 그런데 성장이 목표인 것과 그걸 수단으로 여기는 태도에는 차이가 있지 않을까요? 예를 들어, 저는 영어를 배운다거나 운전면허를 딸 때, 그걸 다른 목적을 이루기 위한 도구를 획득하는 의미로 생각했지, 그걸 성장이라고 생각하진 않았거든요. 그런데 성장이 목표가 되면 자기착취적인 행동에 빠지는 것 같아요."

누구나 공현처럼 단단해질 수는 없을 것이다. 그렇다면 나

같은 사람은 어떻게 해야 할까? 그에게 물었다.

"다들 자신을 성장하고 계발하는 것에 몰두하잖아요. 그 자체는 좋아요. 문제는 그게 계속 이어질 수 없다는 거죠. 인간은 누구나 불완전하잖아요. 실패하는 게 당연하잖아요. 그런데 많은 사람은 실패할 때마다 자책하고 절망해요. 그 불완전함을 견디기 못하기 때문이겠죠. 모두가 불완전하다는 사실을 받아들이면 어떨까요?"

헤어질 때 나는 공현에게 포옹을 청했다. 그건 그날 그로부터 위로를 받았다는 생각에 취한 감사의 제스처이기도 했고, 그가 나씨나길의 태도를 오래 고수해주었으면 하는 응원의 제스처이기도 했다.

대낮의 주택가에서 단발머리에 개량 한복을 입은 남자와 만성피로에 찌든 배 나온 남자가 포옹을 하고 있으려니 살짝 눈치가 보이긴 했지만, 타인의 시선 같은 건 잠시 신경을 꺼두기로 했다.

안전거리에
대하여

이런 질문을 받은 적이 있다.

"어떤 스타일의 연애를 하세요?"

그것참 스타일리시한 질문이라고 생각하며 나는 말했다.

"전력질주요."

평생 커다란 외로움을 껴안고 산 탓인지, 나는 마음에 드는 사람이 나타나면 늘 호들갑을 떨었다. 만난 지 3시간 만에 고백을 결심하고 사귄 지 3일 후에는 결혼을 결심하는 식이었다.

애정 공세도 계속되었다. 애정 표현, 선물, 스킨십 같은 걸 멈추지 않았다는 이야기다. 어떤 사람은 그런 것을 ① 처음 경험해본다며 좋아했고, 어떤 사람들은 ② 부담스러워하며 싫어했다. 그러나 양쪽 다 결과는 마찬가지였다. 모든 ①은 끝내 ②가 되었다. 그러나 멈출 수가 없었다. 나는 뒷걸음질 치는 사람을 늘 바투 따라붙었다. 상대에게 공간을 내주지 않는 내 연애 스타일은 매번 실패로 끝이 났다. 관계가 실패할 때마다 외로움과 불안은 증폭되었고, 그 결과 나는 더 전력질주형이 되어갔다.

회사 선배 C는 명문대 출신에다 집도 부유했다. 그는 누구보다 일찍 출근하고 누구보다 늦게 퇴근하는 성실한 사람이었다. 상사가 부르면 재깍 달려갔고, 후배가 말을 걸면 커피를 사주면서 이야기를 들어주었다. 능력 있는 사람이라고 말하기는 어려웠지만, 태도만 봐서는 나무랄 데가 없었다.

그럼에도 C는 동료들과 변변한 관계를 맺지 못했다. 그는 내가 다니는 회사로 이직해 와서 다시 퇴직하기까지 걸린 약 이 년의 시간 동안, 회사에서 친구를 한 명도 만들지 못했다.

어느 날, 그 이유를 알게 됐다. 회사에서 일을 하는데 가까운 동료 하나가 코털이 보일 만큼 가까이 다가와 얘기를 하기에 "뭐야, 왜 이래?"라고 했더니, "C 흉내 내는 거야. C가 늘 이렇게 얘기하잖아"라고 하는 것 아닌가. 그랬다. C의 문제는 '적당한 거리'라는 걸 모른다는 데 있었다.

가끔 딸아이와 피아노를 가지고 논다. 그리고 조금씩 내가 아는 것을 알려준다. "이게 도미솔이야, 듣기 꽤 괜찮지?" 그럼 딸아이는 방긋 웃는다. "이건 도미^{b}솔이야. 아까보다 슬프게 들리지?" 그럼 딸아이는 슬픈 표정을 짓는다. "이건 어때?" 그러면 딸아이는 인상을 확 찡그린다. 마지막으로 누른 건 도레^{b}솔이다.

화음의 분위기를 만들어주는 건 1음과 2음 사이의 거리다. 둘이 적당한 거리를 두고 있을 때의 소리는 밝다. 메이저 코드다. 간격이 좁아지면 슬퍼진다. 이건 마이너 코드.

아주 좁아지면 짜증나는 소리가 들린다. 이걸 불협화음이라고 한다.

타인과의 거리를 너무 좁혀 결국 상대방을 불편하게 만드는 사람들을 종종 본다. 사생활에 참견하는 직장 상사, 상대의 인간관계를 통제하려고 드는 연인, 훈수를 두지 않고는 배기지 못하는 배우자의 부모 등.

C는 사생활에 간섭하는 유형은 아니었지만, 대화할 때 몸을 상대방에게 가까이 갖다붙이는 쪽이었다. 자칫 균형을 잃어 몸이 기울면 바로 입술박치기를 할 거리에 늘 C는 서 있었다. 부담을 느낀 상대방이 티 나지 않게 뒷걸음질을 치면, C는 집요하게 거리를 좁혀왔다. 모르고 하는 행동일 거였다. 모르고 하니까 다들 대놓고 흉을 보지는 못하고, 속으로 C를 싫어했다. 미묘한 것에 둔감한 사람. 배려심이 없는 사람. 적당한 거리라는 걸 모르는 사람. C는 악의 없는 마이너 코드였다.

전력질주라는 내 연애 스타일은 한층 더 질이 나빴다. 내 불안을 잠재운다는 목적으로 타인의 안전한 공간을 마구 침해했다. 나는 악질적인 불협화음이었다.

불안의 시기에서 덜 불안한 시기로 접어들며, 나는 사랑하기 좋은 때가 무엇인지 조금씩 알아가는 중이다. 사랑하기 좋은 때는 극심하게 외로울 때가 아니었다. 사랑하기 좋은 때는 혼자 있어도 괜찮을 때다. 혼자서도 평온한 상태일 때 타인과 조화를 누릴 수 있다. 불안하고 심히 외로운 상태라면 그것을 극복하기 위해 타인을 그저 이용할 소지가 높다. 일방적인 이용은 결코 사랑의 지향점이 아닐 것이다. 그러나 어쩌랴. 모든 깨달음은 너무 늦게 온다.

그가

하고 있던 일

그해 겨울 사촌동생을 잃었다. 교통사고였다. 장례식장으로 가는 내내 하늘에선 눈이 쏟아졌다. 어찌나 눈이 많이 내리는지, 지구에 물이 이렇게 많았나 싶을 정도였다.

젊고 꿈 많았던 청년의 삶을 아는 사람들에게 그의 죽음은 너무 한 맺히는 일이었다. 빈소에서 유가족과 조문객들이 눈물을 쏟았다. 사람 몸 안에 이토록 물이 많았나 싶을 정도였다.

그런데 유독 눈물을 보이지 않는 이가 한 사람 있었다. 바로 고인의 아버지, 내게는 외삼촌 되는 사람이었다. 침착하게 조문객을 맞이하는 그를 보며, 나는 그 안에 있던 물이 진작에 말라버렸을 거라 짐작할 뿐이었다.

장례가 끝나고 가족들은 조금씩 기운을 되찾아갔다. 아직 남은 서로의 존재 덕분이었다. 때론 머리가 핑 돌 정도의 슬픔이 찾아오곤 했지만, 고인을 사랑했던 사람들은 서로에게 기대어 조금씩 일상을 꾸려갔다. 외숙모는 다시 일을 나갔고, 고인의 형 역시 해야 할 일과 하고 싶은 일들을 적극적으로 해나가기 시작했다.

그러나 외삼촌은 결국 일을 그만두었다. 그러곤 남은 돈을 모아 바다가 보이는 곳에 작은 아파트를 하나 구매했다. 일종의 별장 개념으로 산 것이었다. 다른 가족들이 서울에서 일을 하는 동안, 그는 혼자 그곳에 머물며 소일거리를 했다. 정확히는 오래된 가구들을 얻어다가 손질했다. 하루종일 사포질을 하는 그를 보면서 가족들은, 그가 황폐해진 마음을 손질하는 중이라고 생각했다.

가구 손질이 끝나자 그는 조명을 비롯한 인테리어에 열정을 보이기 시작했다. 생전 그런 것을 해본 적이 없는 외삼촌이 꼬마전구니 빈 와인 병이니 하는 것들을 잔뜩 모아다 여기에도 놓아보고 저기에도 놓아보고 하는 것을 보면서, 가족들은 그가 텅 빈 마음을 채워나가는 중이라고 생각했다.

계절이 한두 번 바뀐 뒤, 식구들과 함께 그곳에 갔다. 과연 가구와 인테리어에 한 시절을 쏟은 사람의 집답게 매우 아름다웠다.

우리는 회를 떠다가 술상을 차렸다. 술이 몇 순배 오가는 동안 나는 약간의 변화를 알아차렸다. 마지막으로 봤을 때보다 외삼촌이 조금 단단해 보였다. 시간이 약인지 가족이 약인지, 아무튼 좋은 일이라고 생각했다.

누군가는 담배를 피우러 나가고 누군가는 화장실에 가고 누군가는 안줏거리를 찾으러 간 사이, 나는 거실에 놓인 티테이블을 구경하고 있었다. 거기엔 책이 몇 권 쌓여 있었다. 무심코 집어 들자 책마다 귀퉁이를 접어둔 페이지들이 눈에 들어왔다. 외삼촌은 어떤 대목에서 페이지를 접어 두었을까? 나는 호기심에 그가 접어둔 페이지들을 골라 읽기 시작했다. 작가도 장르도 달랐지만, 그가 접어둔 페이지들에는 공통된 내용이 있었다. 사랑하는 사람을 잃은 텅 빈 마음에 관한 문장들이었다. 나는 그제서야 외삼촌이 지난 몇 개월간 해온 일이 무엇인지를 알게 되었다. 그는 혼자서 울 공간을 만들고 있었던 것이다.

가을에 눈물이 많아지는 까닭

모 선배와 커피를 하나 사 가지고 나와 거리를 걸었다. 우리는 봄을 찬양하는 중이었다. 날씨가 따듯해지니 살 만하네, 벌써 꽃이 폈네, 이런 감상적 이야기를 나누며 새 계절을 힘껏 환대했다. 선배는 봄이 너무 좋다며 호들갑을 떨며 말했다.

"봄은 너무 춥지도, 너무 덥지도 않아서 좋아."

"그럼 가을도 좋아하세요?"

"봄은 새로운 생명이 움트니까 좀 설레는데, 가을엔 그것들이 자취를 감추기 시작하니까 쓸쓸해."

내가 가장 꺼리는 계절 역시 겨울이다. 몸속으로 파고드는 한기, 서둘러 와서 뒤늦게 가는 어둠, 한기와 어둠을 가르는 을씨년스러운 바람 소리. 이러한 겨울을 준비하는 가을도 썩 좋지 않다. 월요일과 인접했다는 이유만으로 일요일 저녁이 두려워지는 직장인들의 마음처럼, 이미 가을부터 마음이 한풀 꺾여버리곤 한다.

한데 가을엔 다른 계절에 비해 좀 더 특별한 점이 있다. 사람들은 여름엔 '더위를 탄다', 겨울엔 '추위를 탄다'고 말하면서 유독 가을엔 '서늘함을 탄다'고 하지 않고 '가을을 탄다'고 말한다. 여름엔 더위가 겨울엔 추위가 문제이고, 가을엔 가을 자체가 문제라고 하는 것 같다.

난데없이 가을에 관해 사색을 하던 중 다른 사람들은 가을을 어떻게 생각하는지 궁금했다. 뜬금없이 주변 친구들에게 메시지를 보내 의견을 물으니, 한 친구가 불쑥 이런 글을 보내왔다.

'뭐라는 거지?' 나는 처음 그 말을 이해하지 못해 오랫동안 곱씹었다. 그러다 어느 날, 박용래의 시 〈육십의 가을〉을 읽고 나서 그 뜻을 나름대로 해석할 수 있었다.

-거기
그 자리.
봉선화 주먹으로 피는데
피는데

밖에 서서 우는 사람
건듯 갈바람 때문인가,

밖에 서서 우는 사람
스치는 한점 바람 때문인가,

정말?

그는 왜 울고 있을까? 시 어디에도 슬픈 사연이 구체적으로 드러나지 않는다. 시인은 '건듯 갈바람 때문인가' 하고 짐작한다. '건듯'은 바람이 가볍게 슬쩍 부는 모양을 나타내는 부사고, 갈바람은 가을바람의 준말이다. 슬쩍 불어온 가을바람 때문에 그는 울고 있을까? 어쩌면 시 속 우는 사람이 가진 슬픔의 수원지水源地는 '거기'일지도 모른다. 봉선화 한 송이가 주먹만 하게 피어난 곳. 어쩌면 오랫동안 떠나온 고향. 어쩌면 사랑하던 사람의 집 앞. 어쩌면 누군가와 헤어진 그 자리. '그 자리'엔 절절한 사연이 서려 있는 듯하다. 그런데도 시인은 왜 자꾸 울음의 원인을 가을바람에서 찾았을까?

배추를 소금에 절이면 배추에서 물이 빠져나오듯이, 삼투현상이란 농도가 낮은 쪽의 물이 농도가 높은 쪽으로 옮겨가는 현상을 말한다. 가을은 무성한 수목과 요란한 매미 소리가 생명력을 뿜어대던 한여름의 축제가 끝나고 적막함과 공허함이 밀려드는 계절이다. 우리 마음속 슬픔보다 더욱 적막하고 공허한 공기가 가을을 채운다. 그래서 사람이 가을 한복판에 놓이면 삼투현상이 일어난다. 가을이 되면 괜시리 더 서럽고 쓸쓸해 종종 울컥해지는 까닭이다.

그가 눈물을 떨구는 것도 가슴에 맺힌 울분이 가을로 옮겨가는 삼투현상이지 않을까? 그래서 시인은 봉선화 피는 곳에 맺힌 사연보다 '갈바람'에 주목했을 것이다.

그렇다면 사연을 들쑤셔 눈물을 자아내게 만드는 가을의 의도는 어디에 있을까? 어쩌면 혹독한 겨울이 오기 전에 미리 내 안에 축적된 눈물을 빼주러 온 건지도 모른다. 몸속에 물이 잔뜩 있는 상태로 겨울을 맞이했다가 그대로 얼어버릴지도 모르기 때문이다. 그렇다면 참 고마운 일이다.

겨울이 오기 전 내 등을 토닥이며 평소 내 안에서 맴돌던 눈물을 걷어가는 손길, 그것을 나는 '가을의 삼투압'이라고 부른다.

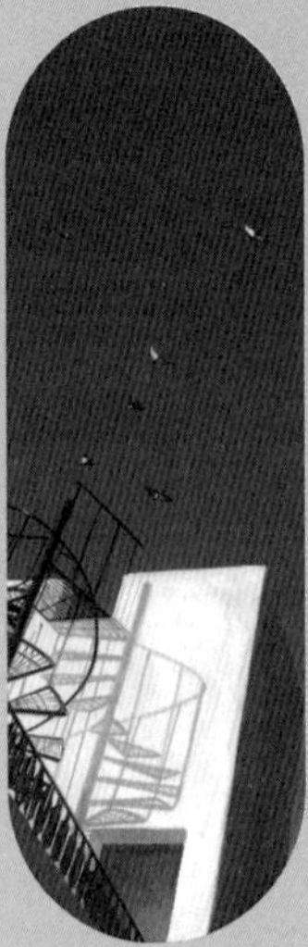

애정결핍 확진자

3

몸에 새긴 말

두 쪽의 엉덩이가 아직 탱탱하던 시절, 문신 예술가를 한 명 알고 지냈다. 문신 예술가를 '타투이스트'라고 하던데, 이 글에선 편의상 그를 '타'라고 부르겠다.

어느 날 타가 말했다.

"문신하고 싶으면 언제 한번 우리 집으로 와. 공짜로 해 줄게."

모든 특이한 경험은 다 해보고 싶었던 시기였다. 나는 대번에 '오케이'를 날렸다. 그리고 며칠 후 타의 집에 찾아갔다.

수원 어느 곳에 있던 낡은 아파트. 엘리베이터를 타고 올라가 초인종을 누르자 타가 헝클어진 머리를 하고 문을 열어주었다. 문이 열리긴 했는데, 현관 안쪽에 발 디딜 틈이 없던 탓에 어떻게 들어가야 할지, 아니 들어가야 할지 잠깐 고민했다. 바닥엔 온통 운동화가 널브러져 있었는데, 빨간 거, 흰 거, 파란 거, 색은 대강 알겠으나, 원래 그런 것인지 살다 보니 그렇게 된 것인지 하나같이 잿빛이었다.

신발장 한편에는 상자가 마구 쌓여 있었다. 대부분 신발 상자였다. 그 위로는 신문지, 우산, 피자 박스, 전단지 같은 것들이 어지럽게 놓여 있었다. 타의 집은 그의 외모와는 달리 멀끔하지 못했던 셈이다.

겨우 신발을 벗고 그의 방으로 들어갔다. 아, 신발장은 그래도 깨끗한 거였구나! 그의 방은 뭐랄까, 국가기밀정보가 담긴 USB를 찾기 위해 한 무리의 비밀요원들이 한참을 뒤지고 간 것처럼 어수선했다.

물론 청소 상태를 가지고 누군가를 힐난하려는 의도는 아니다. 사실 남이야 어떡하고 살든 무슨 상관인가. 피자 박스를 쌓아두고 살든, 집 안에서 낙타를 키우든 내 알 바 아니다. 그런데 지금부터 문신 시술을 받을 곳의 환경이라면 그건 조금 다른 얘기였다.

'이렇게 비위생적인 곳에서 문신을 받아도 괜찮을까?'

이러한 나의 불안을 아는지 모르는지, 타는 가지고 온 도안을 꺼내보라며 채근했다. 내가 준비해간 건 레터링이었다.

Thy Passion Sleeps at Times.

So Arouse It Now!!

직역하면, '그대의 열정은 때때로 잠이 든다. 그러니 지금 그것을 깨우라!!' 정도가 되겠다. 지금 보면 낯뜨겁지만, 당시엔 나름 진지하게 쓴 문구였다. 누구나 한때 자기만의 멋에 빠지는 흑역사를 가지고 있다. 나는 그것을 몸에 새기는 실수를 저지르고 말았지만.

다행히 타는 그 도안을 보고 비웃거나 놀리지 않았다. 그는 아마 훨씬 유치한 것도 많이 봤을 것이었다. 이를테면 'Forever 지수♥'라든지, '死亡遊戲(사망유희)'라든지 하는 것들 말이다. 그러고 보니 아무리 유치한 문구라도 고객이 들고 온 것이라면 웃지도 못했을 것이다.

타는 이리저리 도안을 살펴보더니, 먹지를 꺼내 도안을 옮겨 그렸다. 그러곤 옷을 벗으라고 했다. 내가 시술을 원한 곳이 허리였기 때문인데, 막상 옷을 벗으려니 겁이 났다. '누군지 잘 알지도 못하는 놈의 집에 와서 이런 시술을 받아도 되는 건가?' 그동안 잠자코 있던 내 안의 또 다른 자아가 뒤늦게 깨어나 이런 질문을 마구 던졌다.

그때 무슨 소리가 들렸다. 달그락. 빈 냄비 같은 걸 거칠게 개수대로 밀어넣는 소리. 거실에 누군가 있는 모양이었다. 타는 "잠깐"이라고 하더니 거실로 나갔다. 두런두런 소리가 들렸다. 잠시 후 살짝 열린 문 앞으로 누군가 지나갔다. 마른 몸에 긴 머리, 늘어진 어깨, 나른한 눈빛을 한 젊은 여자였다. 여자는 담배를 물고 있었다. 여자는 나와 1초 정도 눈이 마주치고, 아무런 감정의 동요 없이 고개를 돌려 사라졌다.

"아, 누나가 뭘 좀 물어봐서."

뒤늦게 방으로 돌아온 타가 변명하듯 말했다. 그랬다. 서쪽 바닷가 마을 출신인 타는 최근에 누나와 둘이 이곳으로 이사를 와서 살고 있었다. 그런데 누나라는 사람이 이런 인물일 줄은 몰랐다. 니깟 놈들이 여기서 타투를 하든 사망유희를 찍든 나랑 아무 상관도 없다는 듯 나른한 표정을 하고, 먹을 것 따위는 관심 없다는 듯 마른 몸을 하고, 남의 눈치 같은 건 전혀 안 본다는 듯 집 안에서 담배를 물고 다니는 사람일 줄은 말이다. 나는 갑자기 좀 설렜다. 원래 남자 형제만 있는 사람들은 일단 누나라고 하면 호감을 갖게 되지 않던가. 심지어 일상을 초월한 듯한 누나의 모습, 흡사 '초인' 같은 모습은 내게 동경과 환상을 심어주기에 충분했다.

돌연 나도 멋지고 싶어졌다. 그러려면 문신을 해야 할 것만 같았다. 나는 기꺼이 옷을 벗었다. 확신이 있는 거냐고 따져 묻던 내 안의 또 다른 자아는 진작에 자취를 감추고 사라진 뒤였다.

타가 치켜든 기계는 요란한 소리를 내며 움직이기 시작했다. 그것이 몸에 닿는 순간 나를 둘러싼 물질세계와 나를 이루는 정신세계가 모두 얇은 유리장처럼 '파바밧' 하고 깨지는 느낌이었다. 흡사 지옥에서 온 사신이 휘두르는 거대한 낫을 온몸으로 받아내는 것 같았다.

일 분을 겨우 참았을까. "잠깐" 하고 내가 말했다.

"도저히 못 하겠어."

그러자 타는 거울을 보여주며 말했다.

"이제 겨우 이만큼 했어."

그가 말하는 이만큼이란 첫 글자인 'T'의 첫 획의, 고작 절반 정도 되는 부위의, 테두리 정도 되는 것이었다.

"앞으로 몇 시간을 해야 되는 거야?"

"아직 몰라, 사람마다 잉크 먹는 수준이 달라서. 잉크 잘 안 먹는 사람은 여러 번 덧칠해야 돼."

"그냥 여기서 그만두는 게 좋겠어."

그러자 타가 한심하다는 듯 기계를 내려놓고, 담배나 한 대 피우자며 밖으로 나갔다. 그는 말없이 담배를 피웠다. 그때 타가 덥다는 듯 자신의 소매를 걷어 올렸다. 그의 팔뚝엔 커다란 문신이 있었다. '재도 했는데, 내가 못할 리 없잖아.' 나는 말했다.

"계속하자."

자랑할 건 아니지만 이른 나이에 담배를 시작했다. 시작은 호기심이었다. 담배는 하나도 맛나지 않았다. 대체 이딴 걸 왜 피우는 걸까? 그런데 그날 이후 나는 꾸준히 담배를 들고 다녔다. 맛이 없으니까 피우지는 않는데, 그냥 책가방에 넣고 학교에 다녔다. 한두 살 먹다 보니 주변에 본격적으로 담배를 피우는 친구들이 늘어났고, 나는 자연스럽게 가방에서 담배를 꺼내 그들과 어울렸다.

10대 시절에 담배를 피운다는 건 불편한 일을 자초하는 일이었다. 신분증 검사를 하지 않는 슈퍼마켓을 찾아다녀야 하고, 선생님들의 눈을 피해 피울 데를 찾아야 하며, 피우고 나서 손과 입, 몸에 남은 냄새를 지워야 했다. 뭐가 좋다고 그걸 감수했을까? 그건 아마 주량을 과시하는 마음과 비슷할 것이다.

주량을 과시하는 건 그만큼 자신의 '피지컬'이 좋다는 걸 은연중에 뽐내고 싶은 것이라는 주장을 들은 적이 있다. 확실히 신입생이나 신입사원 시절에 겪는 '술 다구리'의 배경에는 '너 나한테 술 지면 앞으로 까불지 마'라는 태도가 깔려 있었다. 그러니까 주량을 내세우는 일은 "나는 강하다. 나는 알코올을 이만큼이나 감당할 수 있다. 우가차카!"

라는 원시적이면서도 본능적인 과시욕에 지나지 않는다.

담배 또한 마찬가지다. 친구들 앞에서 의기양양하게 담배를 꺼내는 행위에는 '나는 어른들의 질책이나 사회의 시선 같은 것은 개의치 않아. 난 너희보다 강하고 대범해'라는 메시지가 들어 있다.

문신을 하는 것에도 비슷한 쾌감이 있다. 한번 새기면 지워질 수 없는 것, 그러니까 신중해야 하는 것, 그래서 자꾸 해보고 싶은 것, 문신은 금기된 낭만을 불러일으킨다. 즉 나에게 문신은 탈사회적이고 저항적 정신의 표출이었다.

적어도 그땐 그렇게 생각했다. 그래서 아픈 것을 꾹 참고, 기도하는 마음으로 장장 몇 시간을 인내했다.

"문제가 생겼어."

어린 시절의 추억여행을 두 바퀴 반이나 돌고 온 다음, 없는 추억까지 만들어 다시 한번 여행을 떠나야 하나 고민하던 차에 타가 말했다.

"뭔데?! 피 나?"

"아니 그게 아니라, 네 피부, 잉크를 잘 안 먹어. 지금까지 칠한 부분, 한 번 더 칠해야겠어."

나는 없는 힘을 쥐어 짜 이를 다시 악물었다.

거품 물고 쓰러지기 직전에 시술이 끝났다. 거울을 보니 과연 허리에 빼곡하게 잉크가 박혀 있었다. 신기한 마음에 그곳을 만졌다가 "악!" 소리를 지르고 말았다. 피부가 온통 울룩불룩했다.

"집에 가는 길에 연고 사서 발라. 앞으로 한 이 주 동안."

별것도 아니라는 말투가 얄미웠다. 그러나 뒤를 돌아보니 그의 이마에도 송골송골 땀이 맺혀 있었다. 그도 나와 함께 이 긴 여정을 걸어온 것이었다. 나는 조용히 옷을 입었다.

그때로부터 시간이 많이 흘렀다. 타가 지금 뭘 하고 사는지는 모른다. 그의 신비로운 누나가 뭘 하고 사는지도 당연히 모른다. 나쁘지 않은 인생을 살고 있었으면 좋겠다.

문신을 하고 나서 나는 틈만 나면 남들에게 문신을 보여주려고 애썼다. 허리를 필요 이상으로 깊게 숙여 신발 끈을 맨다든지, 덥다면서 과도하게 티셔츠를 펄럭인다든지 하는 식으로 말이다.

그러나 그 후로 십오 년이 지난 지금까지 문신을 보고 "우와, 멋지다!"라고 말하는 사람은 보지 못했다. 결국 내 삶에서 지워지지 않고 숨길 수 없는 흑역사로 남은 셈이다.

짝사랑을 보며 속으로 한 말

'마빡 이진주'라는 애를 좋아했다. 중학생 시절의 일이다. 그 애의 호처럼 쓰이던 마빡은 유난히 큰 이마 때문에 붙은 게 맞지만, 하필이면 교실에 이진주가 두 명이라 일종의 식별자로 붙은 면이 더 컸다.

남자애들은 마빡 이진주를 자주 놀렸다.

"마빡, 왜 이렇게 늦게 와? 이마 닦다가 늦은 거야?"

마빡은 마음도 넓은 애였다. 우리가 그렇게 짓궂게 놀려도 진심으로 화내는 적이 없었다. "야, 너 가만 안 둔다"라고 하면서도 얼굴은 늘 환하게 웃고 있었다. 그 웃는 얼굴이 자꾸만 보고 싶어, 나도 매일 같이 그 애를 놀렸다.

그해 여름방학은 거의 고정 멤버들과 함께였다. 무리의 중심에는 건우가 있었다. 우리는 다섯 명쯤 몰려다니며 공놀이도 하고, 오락실에도 가고, 영화관에 가다가 동네 양아치들에게 걸려 삥을 뜯기기도 하고, 놀이터에서 여자애들 얘기를 하곤 했다. 반에서 누가 제일 예쁘냐는 얘기.

"뭐!? 이진주라고?"

건우가 화들짝 놀랐다.

"어, 이진주."

"마빡? 빽코?"

"마빡."

"와, 마빡 이진주라니…. 짱이야!"

"뭐가 짱이야?"

뭐가 짱이라는 건지는 몰라도, 친구들 앞에서 마음을 터놓자 그때부터 마빡 이진주가 더 신경 쓰였다. 왜 연애 감정은 누군가에게 털어놓는 순간부터 본격적이 되고 마는 걸까?

그리고 개학 날이 다가왔다.

개학 당일, 아침부터 아이들은 방학 내내 한마디도 하지 못했던 것마냥 마구 떠들어댔다. 건우와 나는 교실 뒷자리에서 먼 산을 바라보고 있었다. 건우가 갑자기 어깨를 툭 쳤다. 고개를 돌려보니, 마빡 이진주가 교실로 들어오는 중이었다.

오랜만이라 그런가, 아니면 그 애를 어떻게 생각하는지 말해버려서 그런가, 조금 부끄러웠다. 그러거나 말거나 건우는 몸을 일으켜 마빡 이진주에게로 다가갔다. 그리고 자연스럽게 말을 섞기 시작했다. 건우는 마빡 이진주가 무언가 질문을 하도록 유도했다. 그리고 질문이 나오자 "그건 새벽이가 잘 알걸?"이라면서 자연스럽게 나를 끌어들이고 본인은 퇴장했다. 야, 이건우! 갑자기 그러면 내가 너무….

좋았다. 가장 좋은 건 그 애의 표정이었다. 마빡 이진주는 햇살같이 웃으며 내게 다가왔다.

"전새벽. 너 CD 사는 데 잘 안다며."

그러나 채 대답을 하기도 전에 선생님이 들어왔고, 우리는 쥐 떼처럼 흩어졌다.

새 학기도 이전 학기와 다를 바 없었다. 아침에는 점심 생각을 하고, 점심에는 축구를 하고, 오후에는 졸면서 하루하루가 흘렀다. 하굣길엔 건우 무리와 모여 수다를 떨었다. 내 화두는 언제나 마빡 이진주였다. "걔 너무 예쁘지?" 나는 이제 대놓고 진주를 찬양했다.

그럼에도 고백할 생각은 하지 못했다. 그쪽에서 안 받아줄 것 같다는 예감이 있었던 것 같다. 그리고 어쩌면 진주와 사귀고 싶다는 것보다, '나 걔가 너무 좋아'라며 호들갑 떠는 것 자체가 즐거웠던 것인지도 모르겠다.

어느 날 쉬는 시간이었다. 키가 작아 반에서 1번이었던 여자애가 갑자기 토를 했다. 1번은 운동장 조회 때 몇 번 쓰러지기도 했던 애였다. "우웩, 우웩, 우웩!" 그 작은 몸 안에서 나올 게 뭐가 그렇게 많은지 1번은 계속 토를 했다. 반장이 교무실로 뛰어갔다. 여자애 몇 명이 1번의 등을 두

드려주긴 했지만, 아이 대부분은 상당한 거리를 유지하며 보고만 있었다. 오만상을 찌뿌리며 코를 움켜쥐고 교실을 나가는 애도 있었다.

곧 선생님이 올라오고 1번은 양호실로 옮겨졌다. 이제 남은 건 이것들을 치우는 일이었다. 공포의 토사물 치우기. 이 일은 과연 누구에게? 교실로 돌아온 선생님은 망설임 없이 말했다.

"주번!"

주번이 아닌 친구들은 낄낄대기 시작했다. 그래, 청소는 주번이지.

"주번하고 반장은 선생님이랑 이것 좀 치우자."

주번 두 명은 똥 밟았다는 듯 미간을 찌푸리고, 평소 찡그리는 법이 없는 반장도 탐탁지 않은 표정으로 걸레를 빨러 갔다. 아이들은 구경 끝났다는 듯 다른 데로 흩어지기 시작했다. 창문 밖을 보니 빨간색 소형차 한 대가 급한 몸짓으로 운동장을 가로질러 들어오는 중이었다.

그 순간 갑자기 "우웩!" 하는 소리가 들렸다. 돌아보니 마빡 이진주였다. 얘는 또 왜? 진주는 괴롭다는 듯 고개를 숙이고 토사물을 게워냈다. “으악!” 애들이 다시 동요하기 시작했다. 선생님은 주번들을 인솔해 화장실로 간 참이었다. 애들은 좀비 바이러스가 퍼지기라도 한 것처럼 도망가기 시작했다.

나는 급히 진주에게 달려갔다. 이런 일을 더 이상 그냥 두고 볼 수 없었다. 어떻게든 이 혼란으로부터 진주를 지켜내야 했다. 진주의 등을 두드렸다. 토사물이 한 번 더 나왔다. “으악!” 애들이 뒷걸음질 쳤다. ‘토한 애 옆에 토 묻은 애!’ 그런 표정으로 나를 쳐다보며.

애들이 동요하든 말든 진주의 입을 맨손으로 닦아주었다. 그리고 정신 못 차리는 진주를 부축해 양호실로 향했다. 몸 곳곳에 토사물이 묻었지만 개의치 않았다.

돌아왔을 때도 교실은 여전히 그 상태였다. 아무도 그걸 치울 생각을 하지 않았다. 주번은 ‘난 이것까지 지시받지 못했는데’라는 표정이었고, 선생님과 반장은 어딜 갔는지 보이지 않았다. 나는 말없이 마른걸레를 몇 장 들었다. 아이들은 말없이 내 뒤를 보고 있었다. 나는 조용히 걸레를 빨아와 이진주의 토를 치우기 시작했다. 뒤에서 애들이 수근거렸다.

"재 이진주랑 친했나? 왜 저래?"

"좀 멋있는데?"

"재 뭔데?"

다음 날, 마빡 이진주가 내 자리로 걸어왔다.

"전새벽."

"응?"

"어젠 고마웠어. 이거."

그러면서 뭔가를 내밀었다.

"전새벽!"

정신을 차려보니 과학 선생님이었다. 선생님은 인상을 쓰고 있었고 애들은 웃고 있었다. 3분단에 있던 건우도 '뭐하냐, 너'라는 표정으로 웃고 있었다. 마빡 이진주도 웃고 있었다. 토는커녕 걔는 아주 말짱했다.

"60쪽 예문 읽어보라는데, 무슨 생각을 그렇게 하니?"

선생님이 단호한 어조로 책망했다. 나는 공상에서 벗어나 서둘러 교과서를 폈다.

슈퍼히어로가 되는 공상에 자주 빠지곤 했다. 초인적인 힘이 생기면 학교에 악당이 쳐들어와도 내가 물리칠 수 있을 텐데. 그럼 모두 환호성을 보낼 텐데. 여자애들이 나와 친해지고 싶어 안달일 텐데.

그런 공상에 너무 익숙해져 있었나 보다. 나는 누가 토를 하는 것조차 내가 영웅이 될 기회라고 생각했다. 냄새나는 토사물을 솔선수범해서 치운다면 모두가 감동받을 것이라고 생각했다. 그 뒤로 나는 걸핏하면 누가 토를 하는 공상에 빠지곤 했다.

나는 진주가 토하기를 바랐다. 지금 생각해보니 난 정말 이상한 애였다. 짝사랑을 보며 속으로 한 말이 '토해라'였다니.

그딴 상상을 할 시간에 그 애가 관심 있어 하던 게 뭔지 알아봤더라면 좋았을걸. 그 애가 CD 가게를 궁금해하는 이유를 물었다면 좋았을걸. 함께 CD를 사고 같이 그것을 들으며 대화했다면 좋았을걸.

그땐 그렇게 할 줄 몰랐다. 그 뒤로도 꽤 많은 해 동안,

내게 중요한 것은 나의 인기이지, 타인의 관심사가 아니었다.

남은 학기 동안 아무도 토하지 않았다. 나는 영웅이 되지 못했고, 진주와 크게 가까워지지도 못했다.

건우와는 겨울방학 때 약속을 했다. 학년이 바뀌어도 절대로 멀어지지 말자고. 그 약속은 지키지 못했다.

1번은 2학년이 된 뒤 건강 상태가 좋아졌다고 들었다. 1번이 아플 때마다 빨간 소형차를 타고 등장했던 그 애의 어머니도 이제는 한시름 놓았을 것이다.

마빡 이진주의 소식은 모른다. 어디서 뭘 하고 살든, 넓은 이마와 넓은 마음 덕분에 사랑받으며 살고 있을 거다.

나는 2학년이 되자마자 다른 애를 좋아하기 시작했다.

"새벽 씨!"

나도 모르게 옛날 생각에 너무 오래 사로잡혔던 모양이다. 고개를 들어보니 동료들이 '너 뭐하니?'라는 표정으로 나를 바라보고 있었다.

"A 거래처 건 어떻게 되어가는지 물었잖아."

나는 순간 움찔했다. A 거래처와의 진행 단계는 '폭망 직전'이었기 때문이다.

"여러 가지 어려움은 있는데, 제가 잘 해결해보려고 합니다."

"그래? 믿고 맡겨도 되나?"

"네, 맡겨주십시오."

팀장은 만족스러운 얼굴을 하고 회의실을 나갔다. 동료들은 '너, 괜찮겠어?'라는 표정을 하고 나를 쳐다봤다.

'후우, 나도 몰라. 내가 왜 그랬지….'

영웅이 되고 싶었던 소년은 여전히 영웅 놀이를 하고 있다. 아무래도 저녁은 오늘 A 거래처 담당자와 먹어야 할 것 같다.

사기라고 해도

사귀고 싶은

모 은행 모 지점에 근무 중인 친구 식. 그는 어느 날 처음 보는 고객을 응대했다. 분홍색 패딩을 입은 중년 여성이었다. 분홍색 패딩은 해외 송금을 요청했고, 식이는 친절하게 그것을 처리해주었다.

며칠 뒤에 분홍색 패딩이 다시 찾아왔다. 이번에도 똑같은 계좌로 송금하겠다고 했다. 식이는 이상함을 느꼈다.

그의 경험상 해외 송금이란 거의 해외에 체류하고 있는 가족의 생활비 같은 거라, 같은 금액을 매월 비슷한 시기에 보내는 게 일반적이었기 때문이다. 그러나 분홍색 패딩의 경우는 간격이 너무 짧았고, 금액도 지난번과 유사성이 없었다.

“실례지만, 용도가 어떻게 되시는지요?”

분홍색 패딩은 외국에 있는 친척의 생활비라고 했다. 혹시 낯선 데서 송금 요청을 받으셨냐고 물었지만, 고객은 불쾌하다는 표정으로 아니라고 했고, 보이스 피싱으로 단언하기에는 애매한 금액이라 이번에도 송금 처리를 해주었다. 분홍색 패딩은 그 뒤로도 몇 번 더 송금하러 왔다.

얼마 후 처음 보는 여성 고객이 식이의 창구로 왔다. 검정 니트를 입은 그는 외화 송금을 하겠다며 신청서를 내밀었다. 신청서를 보니 받는 계좌가 낯익었다. ‘이걸 어디서 봤더라?’ 생각해보니 분홍색 패딩이 돈을 부치던 그 계좌였다.

“잠시 기다려주십시오.”

식이는 창구 뒤로 가서 지구대에 신고했다. 그리고 고

객에게 가서 미안하지만, 저쪽에 앉아 잠시 기다려달라고 양해를 구했다. 그때, 분홍색 패딩이 은행 문을 열고 들어왔다.

삼십 분 뒤, 은행 접견실에 분홍색 패딩, 검정 니트, 식이, 그리고 지구대가 모였다.

"이게 무슨 일인가요?"

고객들은 황당해하며 물었다. 지구대가 자초지종을 설명했다. "은행 직원께서…." 그리고 고객들의 입을 통해 사건의 전말이 드러났다.

분홍색 패딩의 경우는 이랬다. 어느 날 SNS에서 누군가 말을 걸어왔다. 그는 자신이 미국에 살고 있는 머시기라고 밝혔다. 분홍색 패딩은 외국 남자가 자신에게 쪽지를 보낸 것이 신기해 번역기를 돌려가며 대화를 주고받았다. 남자는 자신의 사진을 몇 차례 보내주었고, 분홍색 패딩은 그런 그에게 정을 느끼게 되었다. 그와 대화하는 것은 곧 분홍색 패딩의 주요 일과가 되었다.

오래된 연인마냥 애정 표현을 주고받던 어느 날, 남자가 돈 얘기를 꺼냈다. "가고 싶다, 한국, 당신을 보러. 문제는 회사 일. 나는 없다, 돈이, 지금. 먼저 보내줄래, 돈? 일단 해결하고 보러 가겠다, 당신을" 이런 얘기였다. 검정 니트의 경우도 이와 다르지 않았다. 지구대는 이것이 전형적인 '로맨스 스캠'이라고 설명했다. 상대에게 접근해 친밀한 관계가 된 것처럼 행세하고, 결국엔 돈을 요구한다. 돈을 요구하는 명분은 사업 위기, 수용소 탈출, 한국에 오는 비행깃값 등 다양하다고 지구대는 덧붙였다. 지구대가 말을 마치자 방은 조용해졌다. 고객들은 암담한 표정을 하고 은행 문을 나섰다.

은행의 하루하루는 바쁘게 흘러갔다. 식이는 반말을 일삼는 진상 고객 한 명을 겨우 돌려보내고 어깨를 풀고 있었다. 쉴 틈도 없이 대기 고객 수가 눈에 밟혔다. 한숨 한 번 크게 쉬고 버튼을 눌렀다.

창구 앞에 나타난 것은 분홍색 패딩이었다. '설마, 아니겠지.' 하지만 그의 입에서 나온 말에 식이는 귀를 의심했다.

"매번 보내던 그 계좌로 돈 보내려고요."

식이는 멍하니 분홍색 패딩을 쳐다봤다. '이건 무슨 상황이지?' 식이는 얼른 정신을 가다듬고 입을 뗐다.

"지난번 지구대의 설명은 다 이해하신 거죠?"

분홍색 패딩은 힘차게 고개를 끄덕였다. 그리고 말했다.

"보내줘요. 그래도."

식이는 난감했다. 사기가 의심되면 신고하라는 매뉴얼이 있었지만, 사기인 줄 알면서도 송금하겠다는 고객 응대법은 매뉴얼 어디에도 없던 것이다. 식이는 자신의 판단을 따르기로 했다.

"다시 한번 생각해보시지요."

그러자 분홍색 패딩은 짜증을 냈다. '니가 뭔데 감히'가 아니라 '그냥 좀 제발'이었다. 식이는 자리에서 일어나, 고객을 어르고 달래 복도로 데려갔다.

"어머니 같아서 그래요. 사기라는 설명 들으셨잖아요. 힘들게 모으신 돈 아니에요?"

분홍색 패딩은 식이의 태도가 고마우면서도 야속한 모양이었다. 한참을 대치하던 고객은 결국 말없이 은행을 나가버렸다. 그가 어디로 갈지는 뻔했다. 길거리에 널린 게 은행이었으니까.

"내가 잘한 건가 싶어."

식이는 맥주를 마시면서 말했다.

"무슨 소리야? 잘 막아준 거지."

나는 대견하다는 표정을 지으며 말했다.

"혹시 내가 뭔가를 망친 건 아닐까?"

정말로 식이는 무언가를 망친 걸까? 그렇다면 그건 무엇일까? 답을 알 수 없어 우리는 담배를 피우기로 했다.

그로부터 몇 개월 뒤, TV 시사 프로그램에서 '로맨스 스캠' 편을 다루었다. 방송은 이 신종 사기 수법에 대해 놀라운 정황들을 찾아냈다. 로맨스 스캠을 하는 사람들이 개인이 아니라 거대 집단, 그것도 국제범죄조직으로 보인다는 거였다.

분홍색 패딩은 그 방송을 봤을까? 그랬다면 분노하고 좌절했을까, 아니면 여전히 SNS 너머 달콤한 말을 하던 그 사람을 그리워하고 있을까? 사기인 줄 알아도 사귀고 싶은 마음, 가짜를 주워 담아서라도 채우고 싶은 그 텅 빈 마음은 여전할까? 답을 알 수 없어 나는 담뱃갑을 찾았다. 담뱃갑은 텅 비어 있었다.

붕대와

도용한 사진

초등학교 저학년 때 일이다. 아빠 친구가 무슨 일로 우리 집에 며칠 머문 적이 있었다. 미국에서 살다 온 그를 나는 '미국 아저씨'라고 불렀다. 자세한 건 몰라도 좋지 않은 일로 어쩔 수 없이 식객 생활을 하는 중이었던 것 같다. 철없던 나는 그 아저씨가 마냥 좋았다. 그가 내게 관심을 많이 가져주었기 때문이다.

이를테면, 거실에서 노래하는 것, 춤추는 것, 휘파람 불거나 스케치북에 낙서하는 것. 부모님이 대수롭지 않게 넘기던 내 행동들을 보고 아저씨는 매번 리액션을 해주셨다. "아이고 노래 잘하네!" "춤은 또 왜 이렇게 잘 춰?" "같이 휘파람 부를까?" "화가 해도 되겠어!"

그런데 어느 날은 아저씨의 태도가 좀 달랐다. 아마 어른들끼리 무슨 심각한 얘기를 하는 중이었다. 내가 계속해서 앞에서 알짱거리는데, 아저씨는 내게 눈길조차 주지 않았다. 오기가 생겨 나는 더 요란한 행동을 했지만, 소용없었다. 결국 나는 포기하고 방에 들어갔다.

잠시 후, 노크 소리가 들렸다. 평소 섬세하고 친절한 아저씨의 성격으로 미루어보아, 내게 사과를 하러 왔던 게 틀림없었다. "다른 얘기하느라 새벽이와 놀아주지 못했네. 미안해." 그는 그렇게 말하며 나를 웃겨줄 생각이었을 거다. 평소처럼 우스꽝스러운 노래를 부르며, 간지럼을 태우며 말이다. 그는 문을 열자마자 깜짝 놀라 잠깐 멈칫했다. 내가 멀쩡한 팔에 붕대를 감고 있기 때문이었다. 그는 황급히 내가 다친 건지를 물었다. 그렇지 않다고 대답하자 그의 표정은 한층 더 심각해졌다. 그는 단호하게 말했다.

"새벽아, 이런 건 해선 안 돼."

나는 당황해서 얼굴을 붉히며 항변했다. 만화책을 보는데 붕대 감는 법이 나와서 따라 해본 것뿐이라고. 다른 뜻은 없다고. 그러나 아저씨의 어두운 표정은 조금도 풀리지 않았다.

며칠 뒤 아저씨는 우리 집을 떠났다.

얼마 전에 남의 사진을 자신의 일상인 양 SNS에 올렸다가 네티즌들에게 발각되어 조롱을 당한 스포츠 스타의 이야기를 접했다. 그는 가보지 않은 명소, 먹어보지 않은 음식의 사진을 올려 자신이 거기에 있고, 그것을 먹고 있다는 거짓 일상을 공유했다고 한다. 그는 왜 그런 행동을 했을까? 그렇게 해서 얻고 싶은 게 뭐였을까?

나는 그의 마음을 감히 헤아려보다가, 문득 어릴 적 붕대 사건이 떠올랐다. 그리고 그 사건의 진실을 마주하는 순간 곧 침울한 기분에 젖었다. 사실 그건 거짓이었다. 책을 보고 붕대 감는 법을 따라 한 게 아니었다. 아저씨의 관심을 끌고자 한 일이었다. 그러다가 계획이 탄로 나자 어설픈 변명을 했던 거다.

뮌하우젠 증후군이란 아프다는 거짓말이나 자해를 통해 다른 사람의 관심을 끌려는 정신 질환을 말한다. 주로 자존감이 낮거나 애정결핍이 있는 사람에게 나타난다고 한다. 내게도 뮌하우젠 증후군 증상이 조금은 있었다고 해야 할까? 아픈 건 아니라고 얘기했으니 아니라고 해야 할까?

나는 여태껏 그때 미국 아저씨한테 둘러댄 거짓말이 진실인 양 믿고 살아왔다. 정말 만화책에 나온 대로 따라 한 것일 뿐이며 야속하게도 그가 오해한 거라고 여겨왔다. 그런데 사소한 계기로 불현듯 사건의 진실과 마주하게 되자, 그동안 나 스스로를 기만해왔음을 깨닫게 되었다. 부정하고 싶고 지우고 싶은 나와 마주하게 될까 봐 애써 외면해왔던 거다. 내가 만들어놓은 세계 속에서 살며 불편함을 피했던 거다.

당시 그가 내 말을 믿어주었으면 어땠을까? 아니, 그가 내 심중을 읽고 나를 따뜻하게 안아주었으면 어땠을까? 모른 척 붕대를 가지고 나와 놀아주었으면 어땠을까?그랬다면 나는 내 치부와도 같은 그날의 일을 거짓으로 기억할 필요가 있었을까? 지금 그날의 진실을 기억해내는 것만으로 이렇게 마음이 쓰렸을까?

아저씨는 며칠 동안 나와 놀아주며, 내가 지나치게 관심에 집착한다는 사실을 눈치챘을지도 모른다. 그래서 무슨 말을 해주고 싶었을 것이다. 하지만 그는 열 살짜리 관심종자 어린이에게 멋들어진 말을 해주는 데 실패했다. 물론 지금 와서 그를 탓하거나 원망하지는 않는다. 누구나 그런 아픈 기억 하나쯤은 가지고 있을 것이므로.

어느 의사는 염증과 건강에 대해 설명하면서, 염증이란 경보음 같은 거라고 했다. 염증이 난 이유를 살피지 않고 약을 먹어버리는 건, 도둑이 들어 경보음이 울리는데 시끄럽다며 그걸 꺼버리고 다시 잠자리에 드는 것과 같다고 했다. 혹시 외로움도 그런 게 아닐까? 그건 우리에게 사랑이 필요하다는 경고인 것 아닐까?

그때 우리에게 필요한 사랑은 어떤 것이었을까? 여전히 나는 그 답을 찾지 못했다. 어찌 되었든 모 연예인과 나는 이미 한 차례씩 오답을 냈다. 우리는 외로움이란 경보를 빨리 끄기 위해 손쉽게 얻을 수 있는 인스턴트 관심을 갈구했다. 그 결과 그 방송인은 대중의 비난과 조롱을 샀고, 나는 아저씨의 걱정과 거짓된 기억을 얻었다.

요새는 저녁 산책을 자주 한다. 동행자도 이어폰도 없이 그저 묵묵히 걷는다. 걷다 보면 오래된 일들이 떠오르기도 한다. 그동안 알지 못했던 일들이 그제야 해석되기도 한다. 새삼 고마워지고, 새삼 미안해진다. 새삼스러운 기분이 자주 들면, 삶이 새것처럼 느껴지기도 한다.

포옹의 방식

금요일 점심시간쯤 되면, 직장 동료들은 주말 계획을 묻는 일 따위를 통해 서로 궁금한 게 너무 없어 정적뿐인 상황을 모면하곤 한다.

"주말엔 뭐 할 거야?"

"캠핑 가야죠."

이건 인생을 오롯이 캠핑에 바친 선배.

"데이트해요."

애인은 없다면서도 항상 데이트하는 후배.

"자야죠."

이건 피곤을 늘 달고 다니는 동기.

"새벽 씨는?"

"그냥 집에 있으려고요."

사실 주말에 하고 싶은 일은 명확하다. 나는 가족들과 좀 껴안고 있고 싶다. 평일 내내 만진 것이라고는 키보드와 마우스와 엘리베이터 버튼뿐인 나는 주말마다 포옹 지수가 너무 떨어져 있음을 느낀다. 그래서 주말 아침엔 가족들과 살을 좀 맞대며 온기를 만끽하고 싶다. 문제는 나와 같은 마음을 가진 가족들과 살고 있지 않다는 것. 네 살짜리 딸은 아빠를 안아주긴 하지만, 포옹이 2초만 지속돼도 아이는 탈출하겠다고 용을 쓴다. 만화를 본다거나 인형을 가지고 논다거나 하는, 포옹보다 훨씬 재미있는 일들이 딸에게는 아주 많은 것 같다. 딸과의 포옹은 늘 근사한 기분을 선사하지만, 2초는 너무 짧다.

내게 포옹이란 이렇다.

① 눈을 마주치고 미소를 짓는다.
② 허리가 부서지도록 상대를 껴안는다.
③ 맨살이 닿을 수 있도록 뺨과 목을 서로 밀착한다.
④ 상대방 등을 쓸어내리며 최소 2분 정도 유지한다.

한편 아내 순이는 포옹에 대해 이렇게 생각하는 것처럼 보인다.

'굳이?'

체온을 갈구하는 걸 애정결핍이라고 할 수 있다고 한다면, 순이는 애정이 전혀 결핍되어 있지 않은 부류일 것이다. 그는 한 번도 내게 안아달라는 말을 한 적이 없다. 마찬가지로 내가 포옹을 청해도 영 반응이 시원찮다. 다가와서 품을 내주긴 하되 '인간들은 이러한 행동들을 하는군'이라고 생각하는 표정이다. 게다가 맨손으로 개미를 집어들 때의 강도로 나를 만진다. 나는 카렐린 리프트•를 할 기세로

• 전설적인 레슬러 알렉산드르 카렐린의 전매특허 기술. 말하자면 상대방

포옹을 해야 직성이 풀린다. 즉 가족과의 일상은 내 포옹 지수 회복에 크게 기여하는 바가 없다는 얘기다.

60cm를 점프하는 벼룩을 높이 30cm 상자 속에 가두었다가 풀어주면, 상자 밖에서도 30cm만 뛴다는 누구나 다 아는 얘기가 있다. 나도 그렇게 되었다. 신혼 때와 달리 이제는 안아달라는 말을 하지 않는다. 순이가 해주는 포옹은 달짝지근하지 않다. 마지못해서 하는 것 같아 오히려 서운하기만 하다. 그렇게 포옹을 포기하고 살았더니, 요새는 내가 한때 강렬한 포옹맨이었다는 사실마저 잊고 지낸다.

그런데 얼마 전, 가족들이 먼저 잠든 어느 금요일 밤에 캔맥주를 마시며 다큐멘터리를 보다가 이런 장면이 눈에 들어왔다.

을 들어 던져버리는 기술인데, 바쁘지 않다면 유튜브에서 찾아보길 바란다. 너무 멋진 기술이라 그런 건 아니고, 그냥 내가 어떤 강도로 포옹을 하는지 설명하고 싶어서.

경찰관 메리는 업무상 마약중독자를 많이 상대한다. 그의 일과에는 처벌받고 사회로 돌아간 중독자들이 어떻게 살고 있는지 한 번씩 들여다보는 일도 있다. 어느 날 밤, 메리는 성매매 업소 거리를 찾아간다. 경찰차의 창문을 내리고 천천히 그곳을 지나고 있는데, 한 여성이 메리를 알아보고 다가온다. 메리가 그에게 묻는다.

"보호소에서 나왔다는 거 들었어요. 왜 나왔어요?"

"나온 게 아니라 쫓겨났어요."

메리는 왜 쫓겨났냐는 질문 같은 건 하지 않았다. 대신 다른 보호소를 좀 알아봐줄 테니 안전하게 지내고 있으라고 했다. 그러곤 창문을 닫고 떠나려는데, 그가 조용히 메리를 불렀다.

"저기…."

"네?"

"포옹해도 되나요?"

"그럼요."

메리는 창문을 활짝 열어 상대방이 몸을 밀어 넣을 수 있게 해주었고, 힘없이 안긴 상대방의 등을 오래 쓰다듬어 주었다.

나는 어렸을 때부터 내 마음속에 등이 있다는 걸 느껴왔다. 그땐 그것의 작동 원리를 잘 몰랐는데, 자라면서 보니 그건 외로울 때마다 켜지는 경고등 같은 것이었다. 그 경고등이 켜지면 나는 다른 사람의 관심을 받기 위해 부단히도 노력했다. 요란한 행동과 과장된 말투, 그것을 나 스스로가 느꼈을 정도니 다른 사람들에겐 말할 것도 없는 것이었다. 그런데 외로움의 경고등을 끄는 한 가지 방법이 있었으니, 그건 누군가와 친밀한 터치, 즉 따뜻한 포옹을 하는 것이었다. 그걸 알게 된 뒤 나는 그걸 '터치등'이라고 부르기로 했다.

나의 터치등 이론은 대학 시절 교양 수업에서 들은 한 가지 실험 사례로 인해 더욱 신뢰를 갖게 되었다. 1960년대에 미국의 심리학자 해리 할로우는 붉은털원숭이를 가지고 한 가지 실험을 했다. 실험체가 붉은털원숭이였던 이유는 그들이 인간과 93%나 일치하는 유전자를 갖고 있었기 때문이다. 실험팀은 우리 안에 철사로 얼기설기 만든 인형과 부드러운 헝겊으로 만든 인형을 함께 두었다. 그리고 철사 인형에만 우유를 넣은 젖병을 달아놓았다. 그리고 어미 원숭이로부터 강제로 분리해낸 새끼 원숭이 한 마리를 그 우리 안에 들여보냈다. 그러고는 새끼 원숭이가 두 인형을 어떻게 대하는지를 지켜봤다.

실험자 대부분은 새끼 원숭이가 먹이를 주는 철사 인형에 붙어 있을 거라 예상했다. 그러나 결과는 반대였다. 새끼 원숭이는 우유를 먹을 때를 제외하고 헝겊 인형에 꼭 붙어 있었다. 그뿐 아니라 헝겊 인형에 얼굴을 비비기도 하고 살짝 깨물기도 하는 등 애정을 표현했다.

이처럼 우리에겐 풍족한 먹을거리보다 포근한 안정감이 더 중요할지도 모른다. 스킨십과 포옹을 통해 호의와 환대를 서로 주고받는 것이 밥만큼이나 혹은 그 이상으로 중요할지도 모른다.

월요일 점심시간이다. 금요일 점심시간의 질문에서 시제만 과거형으로 바뀌었다.

"주말에 뭐 했어?"

"캠핑 다녀왔죠."

미스터 캠핑맨. 열정이 대단하다.

"데이트했어요."

미스테리 데이트맨. 대체 누구랑?

"잤죠."

이쪽은 일관성이 멋지다.

"새벽 씨는?"

"집에 있었어요."

나는 거기에서 답변을 끝냈다. 질문자가 듣고 싶은 범위가 거기까지라고 생각해서다. 하지만 주말에 무엇을 했는지 정말 궁금한 사람이 있다면 한마디를 덧붙일 것이다. 집에서 가족들과 진한 포옹을 했노라고.

그날 밤, 다큐멘터리를 다 보고 나서, 나는 안방으로 들어가 가족들 옆에 누웠다. 그리고 용기를 내서 포옹을 시도했다. 실수하면 총알이 날아오는 상황에서 달고나를 파내듯, 아주 조심스럽고 섬세하게. 다행히 딸아이는 곤히 잠들었는지 새근새근 잠자는 소리가 계속 이어졌다. 다음은 순이 차례였다. 나는 최대한 힘을 빼고 천천히 그의 등 뒤로 손을 넣어 살며시 안았다. 인기척에 깬 순이는 힐끗 한 번 나를 쳐다보더니 두 팔을 벌려주었다. 따뜻했다. 살아갈 이유를 흠뻑 느끼는 순간이었다. 포옹을 어떤 방식으로 하느냐보다는 포옹 그 자체가 중요하다는 걸 깨닫는 순간이었다.

그동안 나는 순이의 포옹 방식이 성에 차지 않는다는 이유로, 그게 오히려 더 나를 외롭게 만든다는 이유로, 포옹을 구걸하는 것 같아 보인다는 이유로 터치등이 켜진 걸 외면하고 살아왔다. 하지만 경찰관에게 포옹을 청하는 한 여성을 보며 생각했다. 포옹을 청할 수밖에 없는 그는 얼마나 연약하고 다급한가? 연약함과 다급함을 모두 드러내고서라도 포옹을 얻고자 하는 그의 행동은 얼마나 인간적인가? 그리고 그 결과는 얼마나 따뜻한가?

나를 위해 그리고 순이와 딸아이를 위해 내가 해야 할 건 분명하다. 계속 그들과 포옹을 하는 것이고, 포옹에 대한 나만의 기준을 들이미는 행위를 멈추는 일이다. 이렇게 다른 서로의 포옹의 방식을, 이제는 좀 이해해보려고 노력해보겠다는 얘기다.

방파제

며칠 전, 연말을 맞아 부모님 집에 놀러 갔다. 동행인은 오직 딸 한 사람. 어린이집은 방학이었고 내 회사는 휴무였으나, 아내의 직장은 여전히 분주하게 돌아가는 탓에 모처럼 유닛 활동을 하기로 한 것이었다.

나는 엄마를 모시고 쇼핑을 가기로 했다. 꼭 뭘 사야 한다기보다 엄마와 그런 시간을 보내고 싶었다. "이 모자 예쁘네. 가격도 괜찮아. 써볼까? 잘 어울려?" 이런 얘길 하면서 걷는 시간. 발이 아파오면 커피숍에 들어가 뜨거운 차를 마시면서 근황을 묻는 시간. 굳이 사랑한다고 말하지 않아도, 덕분에 올해도 잘 보낼 수 있었다고 말하지 않아도 그런 마음이 자연스럽게 전해지는 시간을.

한바탕 상점들을 둘러본 뒤, 우리는 커피숍에 앉았다. 엄마가 말했다.

"오랜만에 너랑 외출해서 수다 떠니까 너무 좋다."

뭔가 짠했지만, 엄마에게서 '너무 좋다'라는 감흥을 끌어냈다는 사실에 만족했다.

"일전에 엄마가 쓰러진 적이 있잖니."

이어진 엄마의 말에 목구멍이 막혔다. 입안으로 들어간 차가 식도로 들어가지도 입밖으로 나오지도 못하고 우왕좌왕했다.

"병원 다니고 있긴 한데, 회복되고 있는 건 아니야. 그러니까…."

엄마의 말은 그런 거였다. 엄마는 언젠가 죽는다. 언제가 될지 모르지만 그건 꽤 갑작스럽게 일어날지도 모른다.

당장 뭘 해야 한다는 건 아니지만, 부디 그 사실을 알고 있어라.

조금 당황스러웠지만, 이런 시간을 가질 수 있어서 다행이라는 생각도 들었다. 언젠가 우리는 헤어진다. 그렇다면 헤어짐에 대해 미리 대화하는 시간을 갖는 것이 좋을 것이다.

"나는 엄마랑 살아서 기뻤어."

나도 모르게 내일 헤어질 사람처럼 말해버렸다. 모자의 대화가 다음으로 전개되기 전, 딸아이가 똥을 지려버리는 바람에 우리는 커피숍에서 철수하기로 했다.

집으로 돌아가는 차 안에서 나는 엄마에게 말했다.

"또 이렇게 외출하자. 쇼핑도 하러 오고, 명동에 가서 엄마가 좋아하는 칼국수와 교자도 함께 먹자."

꼭 그렇게 하자고, 엄마도 말했다.

다음 날 순이가 왔다. 엄마는 능숙한 솜씨로 떡국을 끓여주었다. 우리는 모두 한 살씩 더 먹으면서, 서로의 얼굴을 살폈다. 떡국을 먹은 탓인지 모두의 얼굴이 이전보다 조금 낡아 보였다.

한바탕 산책을 마치고 돌아와 누구는 잠이 들고 누구는 소파에 파묻혀 TV를 봤다. 나와 순이는 한쪽 방에서 수다를 떨었다. 그러다가 내가 물었다.

"여보는 언제 외로워?"

"주변 사람들이 나이 먹는 걸 볼 때."

"예를 들면?"

"아까 아버님하고 거실에 앉아 있는데, TV에서 우리의 손도 나이 들어간다고 하더라. 아이의 손이 있고 청년의 손이 있고 노인의 손이 있다는 거지. 손에도 주름이 박히고, 세월이 묻는다는 거야. 그런 장면이 나오는데 아버님이 불쑥 당신의 손을 들어서 지그시 보시더라고. 그러곤 말없이 다시 손을 내려놓으시더라."

순이는 그 모습이 무척 슬펐다는 듯이 말했다.

"그걸 보는 게 외로웠어?"

"응."

"당신이 말하는 외롭다는 건, 다른 형용사로 하면 어떤 감정인데?"

"두려움인 것 같아. 내가 아는 사람들이 떠나고 나 혼자 남겨질 것 같은 두려움."

"내가 느끼는 외로움도 그런 종류인 것 같아."

외로움이란 단어를 정의하는 것으로 새해 첫날의 일과를 마친 우리는 잠깐 낮잠을 잤다. 자고 있는 순이의 눈가에는 전에 없던 주름이 내려앉아 있었다.

죽음은 순수한 형태의 외로움이다

미국의 소설가 캐서린 앤 포터는 이렇게 말했다. 이 말을 듣고 나는 우리 마음속에는 유대감이라고 불리는 큰 주머니가 하나 있다고 생각했다. 그 주머니를 채울 수 있는 것은 나와 좋은 관계에 놓인 타인의 존재다. 주머니가 채워질수록 우리는 든든함을 느끼고, 주머니가 빌수록 두려움을 느낀다.

그런데 모두가 죽기 마련이라 주머니가 자꾸만 비어가고, 두려움은 점차 커진다. 두려움은 외로움이라고도 표현된다. 죽음은 그렇게 순수한 형태의 외로움이 된다.

집을 나설 때, 엄마는 나를 꼬옥 안아주었다. 나는 엄마로부터 받은 온기를 품에 머금은 채 아빠를 안아드렸다. 가족은 서로에게 오랫동안 손을 흔들었다.

또 한 살씩 나이를 먹었다. 각자 남은 수명에서 한 살씩 차감된 것이다. 그 사실을 보여주듯 아빠의 손은 노인의 손이 된 지 오래고, 엄마의 건강에는 여전히 빨간불이 켜져 있다. 아내의 눈가에는 주름이 늘었다.

그 사실을 생각하면 외로움이 물밀듯이 밀려온다. 새해 첫날에 대한 감상이 두려움이 되어버리고 만다. 우리가 할 수 있는 일은 이것밖에 없을 것 같다. 함께 있는 동안 최대한 서로에게 살가움을 표현하는 것. 서로를 꼬옥 안아주는 것. 그리하여 내가 좋아하는 사람들에게 보내는 새로운 새해 인사는 이렇게 적기로 한다.

나는 당신을 좋아합니다. 그래서 당신과 천년만년 함께하고 싶습니다. 물론 이루어질 수 없을 것입니다. 죽음이 우리의 바람을 허물어갈 때, 그 현장에는 외로움이 먼지처럼 피어오를 것입니다. 두려움이라는 쓰나미가 우리를 덮칠

것입니다. 그러니 지금부터라도 부지런히 방파제를 세워야겠습니다. 살펴보건대, 이 방파제는 온기라는 재료로만 지을 수 있습니다. 말하자면, 남은 시간 동안 서로 체온을 많이 나누었으면 한다는 얘기입니다. 그러니 우리, 새해에는 포옹으로 인사합시다.

당신은 포옹을 낯설어하는 사람일 수도 있습니다. 그러한 경우 저 역시 포옹을 청하는 게 어렵습니다. 그러나 당신께서 먼저 "방파제?"라고 물으며 두 팔 벌려 다가와 준다면, 당신이 어색하지 않게, 당신이 미소 지을 수 있게 마음을 다해 안아드리겠습니다.

사랑에게 하고픈 말

김성수 작가의 《글쓰기명상》을 읽다가 한 대목에서 시선이 멈춰 섰다. "사랑에게 하고 싶은 말은?"이란 질문 때문이었다.

금사빠, 바람둥이, 집착인. 줄여서 금비집이라고 하자. 이십 대의 나는 이렇게 수식되곤 했다. 억울하지는 않다. 툭

하면 운명을 만났다며 호들갑을 떨었고, 이별과 새로운 만남을 밥 먹듯이 했으며, '나 사랑해?'란 질문을 달고 살았으니까.

다만 금바집이란 표현은 좀 과하다고 생각했다. '난 그저 남들보다 사랑이 과한 놈 아닐까?' 당시의 난 그렇게 생각하곤 했다. 그런데 안정의 시기에 접어들고 보니, 내가 대단히 큰 착각을 하고 살았다는 것을 알게 됐다.

금바집으로 불리던 시절, 나는 눈길 가는 상대가 생기면 3S 전략을 펼쳤다. 상대방이 일을 마치는 곳에서 기다리고 있거나(Surprise) 선물을 사주거나(Souvenir) 손편지를 써서 주거나(Son-pyeonji) 하는 식이었다. 나는 어떻게 하면 타인의 호감을 살 수 있는지 잘 알았고, 늘 그것을 계산적으로 이용했다.

연애가 시작되면 나는 연인을 여러 모임에 데려갔다. 대학교 과 모임, 고교 동창 모임, 친척 모임. 모임이 잡혔다 하면 나는 연인의 손을 잡고 등장해 '지금 여기' 새로운 커플의 역사가 쓰이기 시작했음을 만천하에 알렸다.

그러다 좀 있으면 도망갈 시간이었다. 나는 상대방이 본격적으로 내게 마음을 열 때마다 도망을 갔다. 어제도 봤는데 오늘도 만나자고 하면, 밤마다 장시간의 통화가 시작되면, 상대가 사랑이라는 말을 입에 담기 시작하면, 나는 이별을 통보하고 잠적했다. 그리곤 지명수배자처럼 숨어 지내다가 금세 복귀해 새로운 상대에게 3S 전략을 펼쳤다. '금바집'이라는 표현은 상당히 순화된 표현이었다.

그 시절 나는 왜 도망을 다녔을까? 왜 장기적이고 튼실한 연애를 통해 마음을 채우려고 하지는 않았을까? 나는 이제 그 답을 알 것 같다. 당시 내 사고 패턴은 이런 식으로 흘렀던 게 틀림없다.

① 나는 왜 이렇게 불완전할까? 완전한 사람을 만나서 내 마음을 채워야겠어.
② 그가 내게 호감을 보이니 불안이 채워지는 것 같아. 아주 흡족해.
③ 근데 나같이 불완전한 사람을 선택한 안목을 보니, 이 사람도 완전한 사람은 아닌 것 같아.

'구애-도피'의 반복은 그나마 남아 있던 자존감을 모두 갉아먹었다. 난 왜 번번이 사랑에 실패하는 걸까라는 질문에서 자기혐오가 피어났다. 자존감이 완전히 0이 되자 병이 시작됐다. 나는 우울증에 걸렸고, 공황장애를 앓기 시작했다. 외출도 엄두를 못 낼 정도로 증상은 심각했다.

정신질환으로 집에만 머물기 시작한 금바집은 그때부터 가족에게 기댔다. 그런데 가족은 뭔가 달랐다. 선물도 편지도 주지 않았는데, 그들은 맹목적으로 내게 관심과 지지를 보내주었다. 엄마는 "우리 힘내자"며 밤마다 등을 쓸어주었고, 아빠는 "우리 가족은 늘 힘든 일이 있을 때마다…"라며 응원의 편지를 써주었으며, 형은 "우리 동생" 하며 술잔 너머로 밤새 이야기를 들어주었다. 나는 그런 걸 받을 때마다 울었다. 감동이나 설움 때문에 운 것이 아니라, 당황해서 울었다. 그때까진 그런 식으로 누군가에게 사랑받을 수 있다는 걸 몰랐다.

그때 사랑에 관한 무언가를 배웠다. 사랑은 나와 상대를 명확히 구분하지 않는 일이었다. 사랑이란 주어가 '나'에서 '우리'로 확장되는 일이었다. 엄마와 아빠와 형은 늘 '우리'라는 말로 시작하며 내게 그 사실을 알려주었다.

그걸 모르던 시절 내게는 '나'만 있었다. 그리고 그 대척점에 늘 상대방을 두곤 했다. 그건 사랑이 아니라 사랑과 반목하는 행위임을, 이제는 알겠다.

가족의 사랑은 용기가 되었다. 나는 스스로에게 문제가 있음을 받아들였고, 그 결과 마이너스로 뚫고 내려간 자존감을 분명히 바라볼 수 있는 힘을 얻었다. 나는 어디서 잘못되었는지, 내가 왜 이렇게까지 된 것인지, 과거를 돌아보며 하나하나 복기해 나갔다.

그리고 다행히 어느 정도 정리할 수 있었다. 재개발로 치면 기존 건물을 모두 철거하고 지반 다지기가 끝난 셈이었다. 이제 신축할 차례였다.

신축 작업에는 글쓰기가 큰 도움이 됐다. 어떠한 재료로 집을 지어야 튼튼할지 나는 글을 쓰며 고민했다. 글쓰기는 모호했던 감정들을 정확한 언어로 포착할 수 있게 도와주었다. 언어란 감정을 길어 올리는 도구라는 걸 그때 처음 깨달았다. 더 정교한 도구를 얻기 위해 많은 책을 읽어나갔다. 준공식을 준비하던 즈음에 새로운 사람을 만났다.

나는 그 사람을 새 집에 초대하기로 했다. 금바집이 아니라 탄탄한 집이었다. 순이는 다행히 초대에 응해주었다.

지금은 비교적 잘 지낸다. 행복하냐고 묻는다면 별 고민 없이 고개를 끄덕일 수도 있다. 다만 그 시절의 상처는 지금도 아프다.

나는 사랑에게 과연 무슨 말을 할 수 있을까?

"참 오랫동안 너를 오해했구나"는 적합한 말일까? "그게 아니라고 진작 말을 해줬어야지, 이 머저리 새끼야!"라고 한바탕 욕을 하는 건? "너 때문에 정말 뒤지게 힘들었어"라고 털어놓는 건? "정말 보고 싶었어"라고 고백하는 건?

아직은 잘 모르겠다. 시간이 좀 더 지나면 내 안에 답이 생길지도 모르겠다. 그날이 올 때까지, 과거 나라는 재앙을 만나야 했던 사람들과 방치되어 있던 그 시절의 나에게 모두 진심 어린 사과를 전한다.

당신을 위해서라는 착각

출산을 앞둔 우리 부부의 가장 큰 고민 중 하나는 이름 짓는 일이었다. 작명소에 가보라는 권유도 받았지만, 그러기는 싫었다. 우리 손으로 멋진 이름을 지어주고 싶었다.

그 무렵 나의 화두는 '주체적 자아'였다. 나는 아이가 주체가 되어 살아가기를 바랐다. 신神이든 성性이든 돈이든, 무엇인가를 절대적 기준으로 삼지 않고 열린 마음으로 자유롭게 살아가기를 바랐다.

그런 고민 끝에 이름을 지었다. 주인 주 '主', 나 아 '我'. 내 삶의 주인이 나라는 걸 잊지 말라는 의미였으나, 저런 한자 조합에는 독재라는 뜻이 있다는 중국인 친구의 지적에 한자는 빼기로 했다. 그리하여 한글로 '주아'라는 이름이 탄생했다.

작명 과정은 나름 거창했으나, 육아는 영 뜻대로 되지 않았다. 육아를 위한 체력은 항상 모자랐고, 아이는 결코 내 맘처럼 행동하지 않았다. 갓난아기 때는 아무리 어르고 달래도 울음을 그치지 않았고, 조금 크고 나서는 옷 한 번 입힐 때마다 실랑이가 이어졌다. 급히 나가야 하는데, 갑자기 신발이 마음에 안 든다며 소리를 지를 때도 있었다. "오늘은 추운 날이라 이 신발을 신어야 한단 말이야." 아무리 타일러봐도 아이는 막무가내였다. 결국 우는 애를 둘러업고 집을 나섰다. 주아는 집을 떠난 뒤에도 한참 동안 마음에 들지 않는 신발을 쳐다보며 입을 삐죽 내밀고 있었다.

말문이 트이기 시작한 주아는 요새 아빠를 보면 말한다.

"샤워할 거야?"

싫다는 애를 며칠 억지로 붙들고 샤워를 시켰더니, 이제 '아빠=샤워'라는 도식이 생긴 모양이다.

"응, 해야지."

대답을 듣자마자 주아는 도망을 간다. '저렇게 싫어하는데 하루쯤 건너뛸까?' 생각하다가, 세균과 바이러스로부터 아이를 보호해야 한다는 부모 마음에, 주아를 들쳐 메고 욕실로 들어간다. 아이는 격하게 울기 시작한다.

신발이나 샤워는 비교적 가벼운 문제다. 진짜 고민은 따로 있다. 네 살인 주아는 여전히 손가락을 빤다. 당연히 엄지손가락의 피부 상태가 좋지 않다. 매번 손가락 빨지 말라고 주의를 주는데, 개선이 안 된다. 병원에서는 이미 한참 전에 고쳤어야 하는 습관이라고 말했다. 결국 나는 주아를 볼 때마다 "손가락 빼!"를 명령하듯 말했다. 백 번 정도 했더니, 주아가 말했다.

"아빠 싫어."

그 무렵 나는 갑자기 요리에 재미가 들렸다. 유명 요리 유튜버의 방송에서 소개한 레시피에다 내가 좋아하는 식재료를 첨가해 적극성을 발휘했다. 그리고 이렇게 만든 음식을 소중한 사람과 나눌 수 있다는 즐거움도 있었다. 사실은 요리를 통해 뭔가를 만회하고 싶은 마음이 컸다. 평소에 팟캐스트 녹음이다, 글쓰기다, 여러 이유로 툭하면 집을 비우는 내 마음 한구석에는 늘 불편함이 있었다. 순이가 애써 참고 있는 불만이 있을지 몰랐다. 불만이 터지면 미움받게 될 것 같았다.

그래서 가족을 위한답시고 요리를 했다. 비록 집을 자주 비우지만, 일주일에 두 끼 정도는 직접 요리해서 가족을 먹이는 성실한 남편이자 자상한 아빠임을 보여주고 싶었다. 내 가족이 나에 대해 그러한 이미지를 가졌으면 좋겠다고 생각했다.

문제는 순이가 입이 짧다는 것이었다. 아무리 근사한 요리를 차려도 순이는 한두 숟가락 뜨다가 말았다. 나는 순이가 더 맛있게 먹기를 바라며, 점점 난이도 높은 레시피에 도전했다. 나는 더 다양하고 값비싼 식재료를 사들였고, 요리 삼매경은 몇 개월 더 지속되었다.

연말 오후, 나와 순이는 조용한 집에서 설거지를 하고 있었다.

"내일 뭐 해줄까?"

"우리 서로 새해 소원 들어주는 거 어때?"

"소원? 그럼 먼저 말해봐."

"이제 요리하지 마."

"내가 요리하는 게 왜 싫어? 난 당신한테 맛있는 거 먹여 주고 싶은 건데…."

"당신한테는 이미 좋은 취미가 많은데, 굳이 다른 취미까지 만들 필요 있어?"

나는 수긍이 되지 않았다. 한참 추궁하자 순이가 배시시 웃으며 말했다.

"맛없어서 못 먹겠어."

요리 사건 이후 나는 주아를 보면 설명한다.

"오늘은 날이 많이 추워. 그런데 주아가 가진 신발 중에 가장 따뜻한 건 이거야. 그래서 아빠는 주아가 이 신발을 신었으면 해. 주아는 어때?"

"싫어."

"그래. 그럼 주아가 원하는 걸 신자."

나는 그렇게 고집을 꺾는다. 그 신발을 신어야 덜 춥다는 건 내 예상일 뿐이다. 주아가 얼마나 추위를 느끼는지 나는 잘 모른다. 신발 탓에 춥다면, 그 애는 알아서 신발을 바꿀 것이다.

"손가락을 자꾸 빨면 손이 다쳐. 그래서 아빠는 주아가 손가락을 빨지 않았으면 좋겠어."

주아는 고개를 끄덕인 뒤, 잠시 후에 다시 손가락을 입에 넣는다. 나는 포기하고 다른 일을 한다. 입에 담배를 집어넣고 사는 주제에 손가락 좀 빤다고 다그치고 싶지 않다. 애초에 손가락 빠는 버릇을 교정하고 싶었던 것도, 이미 한참 전에 고쳤어야 했다는 의사의 말의 영향이 컸다. 주아에게는 자신만의 손가락 빠는 버릇을 멈추는 시기가 있을 것이다.

요새는 샤워시키지 않는 날도 있다. 너무 피곤해 보이는 날에는 손과 발, 엉덩이만 닦아주고 그냥 재운다. 샤워를 안 해도 별일이 생기지는 않는다.

아이의 주체성을 언제부터 인정해줘야 하는지, 아직 나는 잘 모르겠다. 그러나 확실한 건 내가 언제든지 틀릴 수 있다는 사실이다. 내가 옳다고 믿는 것을 남에게 강요하는 행위, 당분간은 그것을 경계하는 일에 집중할 참이다.

순이에게 말할 새해 소원은 정했다. 언제든 내가 당신을 위한다는 착각에 빠져 당신을 곤란하게 만들고 있거든, 주저 없이 말해달라고.

닿고 싶다는 말

4

앞으로

또 너무 외로우면

어느 날 갑자기 일상이 무척 권태롭고 외롭게 느껴지기 시작하면, 새로운 곳에 가서 새로운 사람을 만나야 한다. 그런데 새로운 장소라면 몰라도 새로운 사람은 대체 어디서 만나나? 그것도 말이 통하는 부류로.

직장 동료와 술을 한잔하고 있던 어느 날 밤이었다. 노무지 공통 관심사를 찾지 못한 나는 더 이상 얘기하길 포기하고 그저 상대방의 말을 한 귀로 듣고 한 귀로 흘리고 있었다. 표정을 보니 상대도 썩 재미있는 눈치는 아니었다. 그럼에도 그는 말을 멈추지 않았다. 대화를 하고 있다기보다, 말하는 법을 까먹지 않기 위해 연습이라도 하고 있는 것처럼 보였다. 우리는 마주보고 말하고 있되, 함께 있는 것은 아니었다. 그건 아무도 마주하고 있지 않을 때보다 훨씬 외로운 일이었다.

며칠 뒤 호프집에서 대학 친구를 만났다. 그는 별 말도 없이 대뜸 산문집을 한 권 건넸다. "한창훈?" 모르는 작가라고 하자, 친구는 "되게 재밌어"라며 더 이상의 설명을 보태지 않았다.

친구와 헤어진 뒤 나는 집에 가는 지하철에서 받은 책을 읽기 시작했다. 정신을 차렸을 땐 내려야 할 곳을 한참 지나 있었고, 반대 방향 지하철에 탄 뒤에 다시 책을 펼쳤다가 또 집을 지나쳐버렸다.

겨우 집에 도착해 씻고 누운 뒤 다시 책을 펼쳤는데, 그 상태로 다 읽어버리고 말았다. 시계를 보니 자야 할 시간이 한참 지난 뒤였다.

뒤늦게 졸음이 쏟아지는 것을 느끼며 나는 생각했다.

'이 양반을 한번 만나보고 싶군.'

여수시에서 태어나 90년대 초반부터 소설을 발표하기 시작한 한창훈은 바다의 소설가라고 불린다. 나고 자란 곳이 바다이기도 하거니와, 그의 글마다 바다가 등장하기 때문이다. 다만 그 바다는 해수욕장 한 바퀴 걷고, 사진 한 번 찍고, 그다음에 회 먹으러 가는 종류의 바다는 아니다. 그 바다는 고기잡이 중에 차가운 바닷물에 빠진 배우자와 서로 맨몸으로 껴안고 선착장까지 돌아왔다는 어느 노부부의 바다, 홍합 공장에서 일하는 '아줌마'들의 시트콤 같은 일상의 바다, 갈치 어장이 끝나가는 겨울 바다에서 빈손으로 돌아오는 어부의 표정이 담긴 바다다. 한창훈을 처음 읽은 날, 나는 바다 꿈을 꾸었다.

다음 날부터 '한창훈 주간'이 시작됐다. 말인즉 일주일 내내 한창훈의 책들을 집중적으로 읽었다는 뜻이다. 네다섯 권 정도 읽고 나자 그를 어떻게 만나야 할지 감이 왔다. 그의 모든 책에는 '여전히 거문도에서'라는 기록이 남아 있었다. 나는 회사에 휴가를 내고 짐을 꾸렸다. 팬티 한 장, 양말 한 켤레, 그리고 한창훈의 책을 한 권 챙겨서 무작정 여수로 내려갔다. 거기에서 하루 자고, 다음 날 아침에 배를 타면 거문도에 들어갈 수 있었다.

그러나 한 가지 간과한 게 있었으니, 내가 참 징하게 뱃멀미를 하는 사람이었다는 점이었다. 무려 두 시간 반 만의 항해가 끝나고 배에서 내리자, 한창훈이고 나발이고 멀미 때문에 아무것도 할 수가 없었다. 벤치에 앉아 욕지기를 겨우 참고 속을 달랬다.

누굴 찾을 거면 경찰한테 물어보는 게 빠를 거란 생각이 들어 무작정 경찰서를 찾았다. 관광을 왔다고 하자 경찰관은 외지인을 상대하는 현지인 특유의 자부심 가득한 얼굴로 거문도 관광 코스를 알려주기 시작했다.

"그리고 등대에 가봐요."

거문도에 왔으면 등대를 보고 가야 한다고 했다. '등대는 봐서 뭐하지'라는 생각을 하며 나는 중요한 질문을 꺼냈다.

"여기 혹시 한창훈이라는 작가가 살지 않나요?"

"누구? 무슨 소설가가 산다고는 했는데 잘 모르겠네요."

나는 터덜터덜 경찰서를 나와 밥집으로 향했다.

왜 어떤 곳은 유독 밥맛이 좋을까? 쌀과 물이 다른 걸까? 반찬 만드는 솜씨가 특별하게 다른 걸까? 그저 기분 탓일까? 이유는 알 수 없었지만 내가 할 수 있는 일은 명확했다. "밥 한 공기 더 주세요."

밥 두 그릇을 뚝딱 비우고 부른 배를 쓰다듬고 있자니, 슬슬 뜨끈한 방바닥에 누워 낮잠을 때리고 싶었다.

"사장님, 혹시 한창훈이라는 소설가 아세요?"

주인은 고개를 저었다. 그런 거 모르겠고, 관광 온 거면 등대에 가보라고 했다.

'금이라도 박아놨나? 등대가 뭐길래 다들 난리일까?'

물 빠진 청바지에 가벼운 스니커즈를 신고, 따사로운 햇볕을 온몸으로 받으며 남도의 섬에서 등대를 찾아가는 길은 더럽게 힘들었다. 가도 가도 등대는 나올 기미가 보이지 않았다. 그렇다고 볼 거리가 있는 것도 아니어서 눈은

지루했고 발은 뻐근했다. 나는 슬슬 짜증이 나기 시작했다. 이쯤에서 돌아가서 맥주나 퍼마셔야겠다고 생각할 즈음, 코너를 돌자마자 불현듯 바다가 등장했다.

살면서 본 바다 중에 가장 눈부신 바다였다. 원래 태양빛이란 게 이곳을 내리쬐기 위해 존재하기라도 하는 것처럼, 드넓은 수면이 햇살을 튕겨내며 반짝이고 있었다. 게다가 사방을 둘러봐도 사람이라고는 나밖에 없었다. 할 수만 있다면 내 땅이라고 우기고 싶을 만큼 멋진 장소였다. 멀지 않은 곳에 등대가 보였다. 가까스로 도착한 등대에는 아무것도 볼 게 없었다. 유명한 건 등대가 아니라, 등대까지 가는 길이었던 것이다.

조금은 허탈하게 숙소로 돌아오는 길이었다. 멀리서 탈탈탈 오토바이가 달려오고 있었다. 한적한 시골이다 보니, 그 소리마저 정겹게 느껴져 슬쩍 쳐다봤다. 옆모습이 낯익었다. 한창훈 작가였다. "선생님!" 그가 오토바이를 세우고 나를 돌아봤다. 그가 마음을 바꿔 시동을 걸고 사라져 버리면 끝이었므로, 나는 최대한 빠르게 하고 싶은 얘기를 꺼냈다. 애독자라고, 거문도가 궁금해서 왔다고, 와서 어슬렁대다가 혹시 이렇게 마주칠 수 있을까 두근거리면서 왔다고. 그러자 한 작가는 손을 내밀었다. 나는 감격스러운 마음에 젖어 그와 악수를 했다. 커다랗고 두툼한, 바닷사람의 손이었다.

악수까지 나누었으니까 내친김에 소주 한잔 하고 싶다고 하자, 그는 굉장히 난감한 얼굴로 저녁 때 선약이 있다고 했다. 그러나 자기가 궁금해 여기까지 왔다는 팬을 그냥 보내기 그랬는지 숙소가 어디냐고 물었다. "○○민박이요!" 그러자 그는 나중에 잠깐 들르겠다는 말을 남기고 사라졌다. '나중에'가 언제인지는 몰라도 이미 뿜어져 나온 아드레날린에 내 심장은 두근거리다 못해 쿵쾅쿵쾅거렸다. 애써 마음을 진정시키며 다시 걷기 시작했다. 그리고 숙소에 다다랐을 때, 나는 큰 실수를 했다는 사실을 깨달았다. ○○민박이 아니라 △△민박이었다. '젠장, 너무 긴장해서 숙소 이름을 잘못 말했네.'

그날 저녁, 거문도의 푸짐한 밥상 앞에 혼자 앉아 술을 마셨다. 그리고 몹시 고무적인 감상에 젖었다. 한창훈 작가와 악수했던 손을 괜히 쳐다보기도 했다.

식사가 끝난 뒤 방으로 들어가려다 걸음을 멈췄다. 방금 본 풍경이 마음에 걸렸다. 돌아보니 방파제로 파도가 계속 해서 밀려오는 중이었다. 주변이 고요한 탓에 파도 부서지는 소리가 비현실적일 만큼 크게 느껴졌다.

게다가 몹시 밝았다. 가로등 하나 없는데 어째서? 하늘을 올려다 보자 마치 나를 유심히 바라봐온 것마냥 큼지막한 달이 빛나고 있었다. 공기가 깨끗해서 그런가. 환하지만 눈부시진 않은 달빛이 여과 없이 밤의 풍경을 비추었다. 그 모습을 보며 나는 내가 여기까지 오게 된 이유를 깨달았다. 나는 닿고 싶다는 말을 하는 중이었다. 재미나고 새로운 것들을 향해, 권태와 외로움과는 먼 것들에게, 나를 다정하고 의욕적으로 만들어주는 것들을 향해, 닿고 싶다는 말을 하는 중이었다.

파도 소리가 주변을 가득 채우고 보고 싶은 사람은 오지 않았지만, 마음은 달만큼이나 충만했다. 앞으로 너무 외로우면 또 이렇게 무작정 새로운 사람 만나러 가야겠다고 생각하며, 조금 멀리까지 걸었다.

함께

싸워주는 사람

2014년 봄 이후 나도 가방에 노란 리본을 매달고 다녔다. 그걸 보고 동창 하나가 미간을 찌푸리며, "그런 걸 왜 달고 다녀"라고 비난한 적이 있었다. 나는 몹시 슬펐다.

옳지 않은 생각을 마주할 때 곧잘 화가 난다. 왜 그런 생각을 하는지 뻔히 보일 때 특히 더 그렇다. 예를 들어, 서 상사는 왜 자기 실수를 다른 직원 잘못으로 돌리는가? 자기 안위를 위해서다. 비열한 자기중심주의가 화가 난다.

반면에 기원을 설명하기 어려운, 옳지 않은 생각을 만나면 슬픔이 밀려든다. 노란 리본 혐오가 자신을 부자로 만들거나 더 안전하게 만들어주는 것도 아닌데 동창 녀석은 왜 그랬을까? 결론은 하나다. 나와 그 사이에 결코 통과할 수 없는 두터운 벽이 있는 거다. 같은 시대, 같은 학교를 나왔다는 반가운 우연이 우리 사이에는 있는데, 언제든지 만나서 그 시절을 회상하며 깔깔댈 수 있는데, 이 벽이 사이에 있어서 끝내 우리는 만나지 못하겠구나. 그러한 사실이 나는 몹시 슬프다.

그나저나 노란 리본을 혐오하는 자들에게 나는 무슨 말을 들려줄 수 있나? 동창과 헤어지고 한참 뒤에야 신혼여행 때가 생각났다.

경기도 모처에서 열린 결혼식이 끝나고 약 스물네 시간 뒤, 우리 부부는 아테네 공항에 내려 짐을 찾고 있었다. 그리고 버스를 타고 시내로 빠져나와 숙소를 찾아 걷기 시작했다. 열다섯 시간의 비행으로 인해 우리는 지쳐 있었고, 짐가방은 무거웠고, 아테네의 태양은 뜨거웠다. 맥주를 마셔야 한다는 뜻이었다.

노천 식당에 앉아 맥주를 주문하고 기다리는데, 남자 둘이 다가왔다. 둘은 우리 앞에 서더니 스케치북을 펼쳐 보였다. 거기에는 알 수 없는 언어로 된 문장들이 적혀 있었다.

우리는 여행자 특유의 어리버리한 표정을 하고 서로를 바라봤다. 그리고 눈빛으로 대화를 나누었다.

'이게 뭐지?'

'몰라. 돈을 달라는 건가?'

그때 갑자기 길 건너에서 한가롭게 커피를 마시던 여성이 벌떡 일어나더니, 우리를 향해 마구 소리를 질렀다.

대체 이게 무슨 상황인가 파악해보려는데, 남자 둘은 짜증 난다는 표정을 하더니 빠른 걸음으로 사라지기 시작했다. 청년들이 사라지자 그 아주머니는 그제야 내게 영어로 말을 건넸다.

"네 휴대전화!"

"응? 전화기?"

테이블을 보니 아뿔싸, 내 바로 앞에 놓여 있던 우리 휴대폰이 어느새 테이블 끝에 놓여 있었다. 두 남자는 이억 만리를 날아온 신혼부부의 휴대폰을 강탈하고 있던 것이다. 순간 신혼여행을 모두 망쳐버린 느낌이 들었다. 세상에는 로맨스 스캠이니 도둑질이니 이런 것만 가득한 것 같았다. 대체 세상이 왜 이 모양일까? 우리는 터벅터벅 걸어 호텔로 들어가 씻고 누웠다. 더 이상 여행 기분 같은 것 내고 싶지 않았다.

십 대 시절에도 비슷한 경험이 있었다. 영국에 살 때였는데, 하도 할 일이 없어 주말 낮부터 혼자 공원을 걷고 있었다. 그러다가 볕이 너무 좋아 그냥 잔디밭에 앉아버렸다. 그리고 이어폰을 귀에 꽂고 음악을 듣다가 나도 모르게 무릎을 세우고 앉은 채 잠이 들어버렸다.

그렇게 햇빛 아래서 꾸벅꾸벅 졸고 있는데, 별안간 딱! 하는 소리와 함께 머리가 부서질 것 같은 통증이 느껴졌다. 나는 눈앞에 별이 보이는 것 같은 착각을 느끼며 고개를 들었다. 눈앞에는 뭔가가 있었는데, 그게 뭔지 알 수가 없었다. 눈부신 햇빛이 만들어낸 역광 때문에 실루엣은 온통 검기만 했다. 자세히 보니, 그건 두 명의 성인 남성이었다. 대낮부터 마약에 취한 걸까? 그들은 풀린 눈을 하고 나를 무표정한 얼굴로 내려다보고 있었다. 이건 무슨 상황일까?

① 알 수 없는 원인으로 머리에 심한 통증을 느꼈다. 고개를 들어보니 내 통증과는 무관한 남자 둘이 어떠한 이유로 내 눈앞에 서 있다. ② 술에 취한 괴한들이 이유도 없이 자고 있는 나를 한 대 때렸다.

아무리 생각해도 ②인 것 같았다. 그렇게 판단을 하고 나자 주먹에 힘이 잔뜩 들어갔다. 맞붙어서 싸우고 싶었다. 그러나 상대는 둘인 데다 이곳에서 나는 뭘 해도 불리한 외국인 신분이었다. 주먹다짐도 경찰 수사도 저쪽에게 유리하게 흘러갈 게 뻔했다. 그때 누군가 소리를 질렀다.

"야, 당장 사과해!"

누군가 했더니 길 건너 잔디밭에서 피크닉을 하던 청춘 무리였다. 그중 한 여성이 남자들을 향해 다그쳤다. 놈들은 풀린 눈을 하고 도망가기 시작했다. 쫓아가서 한바탕 붙을까 하다가, 갑자기 다 싫다는 생각에 주저앉아버렸다. 세상이 싫었다.

시간이 흘러 십 대 시절도 신혼여행도 추억이 되어버린 지금, 나는 안전한 일상을 이어가고 있다. 휴대폰을 훔치러 다가오는 사람도 없고, 멍 때리는 중에 머리통을 후려갈기는 불량배도 없다. 크고 작은 어려움은 있지만, 다행히 세상이 싫어질 만큼 괴로운 일들은 겪지 않고 있다.

그러나 분명 괴로운 사람들이 세상에 존재한다. 가족이 억울하게 죽고, 추모할 권리조차 빼앗기고, 슬픔을 조롱하는 악마들 앞에서 절망을 거듭하는 사람들. 그 사람들에게는 연대가 필요할 것이다. 아테네의 노천 카페에서 만났던 사람처럼, 런던의 한 공원에서 만났던 사람들처럼, 함께 싸워주는 사람들이 필요할 것이다. 노란 리본을 단 것은 그런 의미였다.

성소수자 인권운동을 하다 안타깝게 세상을 떠난 김기홍 씨는 마지막에 자신의 페이스북에 이런 말을 남겼다.

> 우리는 시민이다, 시민

'나는 시민이야'라는 당연한 말을 유언으로 남길 만큼 곤란한 처지에 놓은 사람들. 나는 그들을 위해 함께 소리를 질러주고 싶다. 언제든 그들의 메시지에 '좋아요'를 눌러주고 싶다.

영화
〈죽여주는 여자〉에 부쳐

종로3가 귀금속 상점을 지나 소영이 산부인과로 들어간다. 의사와의 대화를 들어보니, 소영은 임질에 걸린 모양이다. 부끄럽고 화도 나지만 그보다 중요한 게 있다. "빨리 좀 낫게 해주세요." 소영은 마치 자신에게 빨리 임질을 치료해야 하는 중요한 이유라도 있는 듯 말한다.

소영이 처방전을 받고 있는데 별안간 진료실 안쪽에서

소란이 인다. "민호 이즈 유어 썬!"이라는 고함이 들리더니 한 동남아 여자가 의사와 실랑이하면서 나온다. 의사가 경찰을 부르라고 하자 여인이 가위를 집어 의사의 가슴을 찌른다. 의사는 쓰러지고 곧 병원을 들이닥치는 경찰.

소란을 뒤로 하고 바깥으로 나온 소영의 눈에 한 꼬마가 눈에 띈다. 이 아이가 민호인 모양이다. 가엾게도, 아빠는 너를 부정하고 엄마는 잡혀갔구나…. 소영은 무슨 생각인지 아이를 집으로 데리고 간다.

이상 영화 〈죽여주는 여자〉의 도입부다. 배우 윤여정이 연기한 소영은 과연 이제부터 어쩔 셈인 건지, 좀 더 이야기를 따라가볼까.

덜컥 아이를 떠맡았지만 소영은 매일 나가서 일을 해야 한다. 낮 시간 동안 아이를 맡기기 위해 집주인인 트랜스젠더 티나를 찾아가보지만, 그도 아이를 봐줄 상황이 아니다. 결국 소영은 같은 월세 처지이자 이웃인 도훈에게 담배 두 갑을 주고 아이를 맡긴 뒤 일을 나선다. 주로 노인들을 상대로 성을 팔고 있는 소영은 자신의 주 활동 무대인

파고다 공원에서 속칭 '죽여주는 여자'로 통하는 모양이다.

오늘은 손님으로 청년을 만났다. 그런데 막상 모텔에 들어온 청년이 옷은 벗지 않고 이상한 이야기만 늘어놓는다. 무슨 속셈인가 들어보니, '박카스 할머니'를 취재해 다큐멘터리를 만들고 싶어 왔단다. 대한민국 경제 규모가 어쩌고 하면서 자신을 불쌍한 사람 취급하는 그에게 소영은 "뭐 이런 새끼가 다 있어"라고 쏘아붙이고 자리를 떠난다.

오늘도 힘겨운 돈벌이를 마치고 돌아온 소영. 도훈의 방문을 열어보니 아무도 없다. 막 끓인 라면이 손도 대지 않은 채 밥상 위에 놓인 걸 보니 무슨 일이 생겨 황급히 나간 모양이다. 밖으로 나가보니 골목에서 도훈이 민호를 애타게 찾고 있다. 라면 끓이러 간 사이 민호가 사라졌다는 것이다. 민호를 찾아 함께 동네를 헤매던 둘은 결국 한 필리핀 여행사에서 아이를 찾아낸다. 민호는 어쩌면 본능적으로 고향 분위기가 나는 곳을 찾아간 것인지도 모르겠다.

그러던 중 소영은 한 노인으로부터 안타까운 소식을 듣게 된다. 멋쟁이 노인으로 통했던 '세비로 송'이 풍을 맞고 쓰러져 병원에 누워 있다는 이야기다. 안타까운 마음에 주스 한 박스 들고 가보니, 세비로 송, 다행히 소영은 알아보지만 먹는 것도 싸는 것도 혼자 힘으로 하지 못하는 상태다. 더 이상 살고 싶지 않다는 세비로. 죽는 것도 혼자서는 할 수가 없다며 한탄하던 그는 소영에게 자신을 죽여달라고 부탁한다.

비록 임질에 시달리고 단속을 피해 도망 다니는 신세지만, 갈 곳 없는 아이나 배가 고픈 길고양이를 외면하지 못하는 소영. 그는 노인의 부탁에 어떤 결정을 내릴까? 코피노 아이를 떠맡게 된 성매매 할머니와 다리 없는 청년과 트랜스젠더 이웃까지, 이들의 앞날은 괜찮을까?

영화 〈죽여주는 여자〉는 성매매 여성, 장애인, 성소수자, 혼혈아동까지 온갖 사회적 약자들이 주가 되는 이야기다. 그러나 영화는 결코 이들의 삶을 비참하게 바라보지 않는다. 비록 낡은 모텔의 붉은 조명 아래에서 노인들의 성욕을 풀어주고 있지만, 소영은 극중 가장 인간적인 사람으로 그려진다. 그는 그렇게 해서 번 돈을 가지고 타인과 연대한다. 길에서 만난 아이의 밥값과 장난감까지 대면서 말이다. 이쯤 되면 약자라고 불러야 할 것은 오히려 다른 쪽이 아닐까 싶어진다. 할 줄 아는 거라곤 정액을 뿜는 사정射精 혹은 자기를 죽여달라는 사정뿐인 비루한 인간 쪽 말이다.

사실 소영이 민호에게 각별한 이유는 따로 있다. 그는 돌도 되지 않은 아들을 입양 보낸 적이 있다. 돈 벌러 동두천으로 흘러들어가 미군을 상대하며 살던 시절, 잠깐 같이 살았던 흑인 병사와 사이에 아들이 하나 있었던 소영에게는 아이를 포기했다는 게 큰 죄책감으로 남아 있다.

제법 무거운 소재를 다루고 있지만, 영화의 톤은 담담하다. '별거 아니야, 그냥 사람 사는 이야기야.' 감독은 그렇게 말하는 것 같다. 다만 한 지점, 영화가 유독 힘을 주는 곳이 있는데, 바로 정이 묘사되는 부분이다. 그중 특히 파주의 '먹방씬'이 그렇다. 소영, 티나, 민호, 도훈은 파주로 장어를 먹으러 간다. 그리고 테이블에 둘러앉아 가족처럼 밥을 먹기 시작하는데, 그 장면이 관객에게는 놀라울 정도로 위로가 된다. 눈물도 포옹도 없이, 대체 어떻게 이런 일이 가능한 걸까? 긴장이 풀어진 인물들의 표정과 그들이 서로를 대하는 태도에서 '정서적 연대'가 오롯이 느껴지기 때문일 것이다.*

삶이라는 덧없이 짧은 시간 속에서 우리가 해야 하는 것은 어쩌면 필요한 만큼만 돈을 버는 것, 자신의 책임을 회피하지 않는 것, 인연이 닿은 것들과 손을 잡는 것, 곤경에 처한 사람을 돕는 것, 그렇게 힘이 필요한 곳에 힘을 보내고 힘껏 연대하는 것, 인생에 너무 미련 남기지 않고 죽는 것인지도 모르겠다. 그러고 보니 짧은 영화를 통해 삶에 대해 참 많은 답을 얻었다. 그런 놀라운 일을 가능케 하는 소영은 정말이지 '죽여주는 여자'다.

* 티나 역의 안아주 배우 역시 이 장면을 촬영할 때가 가장 좋았다고 밝혔다. 참, 트랜스젠더인 안아주는 '핸디캡을 가진 우리를 좀 안아주라'는 뜻에서 이런 예명을 지었다고 한다.

눈을 감고

서로를 더듬는

순이는 원래 별로 말이 없다. 그래서 서운할 때가 있다. 나는 순이가 힘든 일을 얘기하면 "힘들었지?" 하고 바로 안아주는 편인데, 순이는 내가 구구절절 얘기를 해도 '음, 그랬어?' 정도의 반응을 할 뿐이라서.

언젠가는 회사 일이 너무 힘들었다. 이렇게 써놓고 보니까 이상하다. 회사 일이 힘들지 않은 때가 언제인가? 회사 일은 늘 정답도 없고 조력자도 없어 어렵고 외롭다. 그걸 견뎌내는 대가로 월급을 준다는 건 알지만, 그렇게 생각하면 월급이 너무 적은 게 아닌가 싶은 생각이 들어 '난 참 일을 좋아하는 사람'이라고 자기 최면을 건다. 아무튼 회사 일이란 늘 그렇게 힘든 것인데, 어느 때는 유난히 더 힘들다. 그런 시기에는 퇴근하고 집에 와 누워도 잠이 오질 않았다. 눈을 감으면 상사나 거래처의 목소리가 머릿속을 채운다. 그 목소리를 떨치기 위해 유튜브를 틀면, 유튜브는 어처구니없게도 너무 재밌다. 재밌는 걸 보고 있자니 잠이 올 리 없고 화면을 끄면 머릿속이 복잡해지고, 그런 밤을 버티고 나면 몸도 지치지만 마음이 더 지쳤다.

"삶을 끝내버리고 싶다는 생각까지 들더라고."

바닥에 누운 채 순이에게 말했다. 순이는 별말이 없었다. 이토록 힘들다고 하소연하는데, 당신이 어찌 그리 방관하냐고 따지고 화내고 끝내 안겨 울고 싶었다. 그러나 그렇게 하지 않았다. 하소연해봤자 달라질 건 없다고 생각했기 때문이다. 싸움만 일어날 것이다. 그런 예상이 본능을 억제했다. 그래서 나는 감정을 감추었다. 감정을 감추는 일은 늘 그렇듯이, 씁쓸한 기분을 남긴다.

결혼은 미친 짓이다. 무슨 목적이 있어 결혼을 하든, 결혼은 결코 그것을 내어주지 않는다. 상대방과의 영원한 사랑? 우리는 모두 죽는다. 서로 살을 맞대고 자는 따뜻한 잠자리? 코를 골거나 술 냄새가 나거나 기분이 언짢아서 데면데면 자는 날이 많다. 오손도손 요리해 먹고 저녁 산책을 나서는 평온한 일상? 배달 음식과 TV 시청으로 점철된 저녁이 당연히 더 많다. 실전 결혼 생활은 늘 우리의 환상을 비웃고, 보란듯이 카운터 펀치를 먹인다. 일찍이 '결혼은 미친 짓'이라고 알려준 선배들이 없었던 건 아닌데, 결국 나도 해버렸다. 위험한 줄 알면서도 하게 되는 게 결혼이란 것의 마력인지도….

여기까지 쓰고 있을 때 순이가 방문을 열고 들어왔다.

"왜?"

"그냥."

순이는 책상에 앉아 키보드를 두드리는 내 옆에 벌렁 눕더니, 자신의 두 발을 내 무릎에 올렸다.

"뭐 하는 거야?"

"방해하는 거야."

"왜 괴롭혀?"

그렇게 묻자 순이는 마치 천진한 초등학생처럼, 배시시 미소를 지었다. 나로 하여금 결혼을 결심하게 만들었던 그 미소였다. 순간 묵은 감정이 해소되고 모든 상황이 이해됐다. 그리고 결심했다. '아, 일희일비하지 말자.'

나는 쓰던 글을 내팽개치고 순이 옆에 누웠다. 우리는 다정하게 살을 맞대고 우스갯소리들을 했다. 밤은 적당한 온도로 익어갔다.

내 기준에 순이는 너무 이상한 사람이다. 그는 감정 표현을 거의 하지 않고, 타인을 다독이지 않으며, 나를 정서적으로 좀 감싸달라고 해도 선을 긋는다. 한편 순이가 말하는 나도 이상한 사람이다. 나는 유별나게 외로워하고, 그 감정을 조금도 감추지 않으며, 아무리 그 감정을 돌봐주려고 해도 부족하다며 떼를 쓰는 부류다. 우리가 이런 모든 얘기를 구구절절이 적어 이혼을 신청한다면, 이혼조정관이든 법정이든 누구든 고개를 끄덕이며, "누가 보더라도 헤어지는 게 좋겠군요"라고 할 것이다.

앞서 연대하는 힘에 대해 한껏 설파한 직후라 이렇게 말하기 좀 뭣하지만, 결혼이란 연대는 매 순간 좌절감을 안

겨준다. 서로의 생각과 방식이 너무 달라서다. 게다가 결혼하면 삶이 훨씬 괜찮아질 줄 알았던 사람들에게 결혼이 고작 이렇다는 건 큰 배신감까지 안겨준다. 나의 불안과 외로움, 결혼이 해결해주지 않는 거였다니. 기껏 연대했는데 그 안에서 더 많은 분란을 겪게 되다니. 단단히 속았어, 젠장!

그러나 우리에게는 적응력이라는 무기가 있다. 결국 서로에게 적응하게 된다. 물론 시간이 꽤 걸리는 일이고, 험난한 일이기도 하다. 말하자면, 눈을 감고 미지의 생명체를 만지는 행위와 비슷하다. 아얏! 얘는 등에 가시가 덮여 있네. 함부로 건드리면 큰일 나겠어. 반면에 배는 아주 보드라운 털로 덮여 있네. 자주 쓰다듬어 줘야겠어. 그렇게 오랫동안 서로를 어루만지고 나면 조금은 알게 된다. 어디를 건드릴 때 상대가 예민하게 반응하는지, 어디를 만져주면 좋아하는지를. 다치는 게 무서워 어루만짐을 포기하면, 앞으로도 알 수 없다.

말이 없고 감정 표현에 서툰 순이는 괴롭힌다는 독특한 방식으로 나를 위로한다. 그에게 그런 위로의 방식이 있다는 걸 나는 참 오래도록 알지 못했다. 그러나 계속해서 순간의 절망을 참고 서로를 인내하는 시간이 쌓이게 되자, 이제는 서로의 소통 방식을 조금씩 이해해나가고 있다. 비록 초반의 불같던 형태의 사랑과는 조금 다르지만, 이 또한 분명히 사랑의 한 가지 형태라고 말할 수 있다.

결혼이란 어쩌면 사랑의 다른 형태를 체험하는 일인지도 모른다. 다른 형태가 모여 우리의 사랑은 더욱 완벽해질 것이다.

마음의 그물망

내게는 잉여 시간이라는 게 별로 없다. 항상 뭔가에 쫓겨 살기 때문이다. 이 글을 쓰는 지금도 나는 며칠째 이 책의 원고 마감에 쫓기고 있다. 나름 책을 쓴답시고 그동안 참 부단히도 노력했다. 시간이 모자라 밥도 많이 굶었고, 잠도 많이 줄였으며, 주말도 많이 반납했다. 스트레스도 많이 받아 머리카락도 빠지고 불면증에도 시달렸다.

바쁜 일은 글쓰기 외에도 많다. 대표적으로 팟캐스트 운영하는 일이 그렇다. 많은 아마추어 팟캐스터가 그러하듯, 나 역시 방송 주제를 선정하고, 게스트를 섭외하고, 게스트와의 사전 인터뷰를 진행하고, A4 용지 10장에 달하는 방송 원고를 쓰고, 스튜디오를 예약하고, 녹음하고, 편집하고, 섬네일 이미지 만들고, 업로드하고, 청취자 반응을 살피는 일 등을 모두 직접 하고 있다. 이런 일들이 매주 반복되다 보니, 자는 시간과 쉬는 시간이 턱없이 부족하다.

사실 위의 모든 걸 합친 것보다 훨씬 많은 시간을 투입하게 되는 건 역시 회사 일이다. 나는 꽤 바쁜 부서에서 꽤 많은 직무를 맡고 있는데, 하루에 네다섯 번 미팅은 기본이고 일주일에 이삼 일씩 지방 출장을 가는 경우도 빈번하다. 그러다 보니 기차에서 보고서를 쓰고, 화장실에서 이메일을 보내고, 걸어 다니면서 통화를 하는 일은 일상이 됐다.

이렇게 세 개의 아이덴티티로 정신을 분리해가며 사는 나를 보고 사람들은 참 부지런하다고 입을 모은다. 딱 한 사람, 선배 E말고는.

"너, 괜찮냐?"

E가 물었다. 바쁘지만 성취가 많은 일상을 보내고 있다고 그에게 설명하는 중이었다. 순간 나는 허를 찔린 사람처럼 얼어붙었다가, 금세 얼버무렸다.

"괜찮죠. 다 재밌거든요."

오랫동안 그 E가 한 말에 대해 생각했다. E는 왜 내게 괜찮냐고 물었을까? 그는 내가 괜찮지 않다고 판단한 걸까? 그렇다면 그건 무슨 뜻이었을까?

생각해보니 그런 일은 또 있었다. 한창 팟캐스트를 구상하던 중에 E를 만났던 날, 나는 열을 올리며 기획에 대해 설명했다.

"주제는 꽤 전문적이지만 톤은 코미디로 가려고요. 60대 주부인 저희 엄마도 즐기면서 들으실 수 있게요."

그러자 E가 눈빛을 반짝이며 물었다.

"엄마가 그토록 중요하냐?"

그렇게 묻는 E의 눈에는 그때도 걱정이 서려 있었다. 그는 대체 무엇을 걱정하는 걸까? 이렇게 성취가 많은 일상을 활기차게 이어가고 있는데. 남들은 다 멋있다느니 부럽다느니 말해주는데, 그는 유독 왜 그런 말을 했을까?

어쩌면 우리 마음은 그물망에 싸여 있는지도 모른다. 그 안엔 다양한 입자의 서로 다른 마음들이 담겨 있을 것이다. 그 안이 가득 채워져 있는 사람도 있는 반면, 비어 있는 사람도 있을 것이다. 마음을 채우는 가장 좋은 것은 자기 자신에 대한 사랑, 즉 자존감이다. 자존감은 입자가 굵어 마음의 그물망을 빠져나가지 못한다.

그러나 자존감이 부족한 사람들은 마음을 채우기 위해 타인의 사랑을 요구한다. 그런데 타인에게서 구걸하듯 받아온 사랑은 입자가 매우 작아 그물망에서 빠져나가 버린다. 애정결핍인들은 그 사실을 모르고 다람쥐 쳇바퀴 돌듯 공연한 노력을 계속해나간다. 끊임없이 누군가에게 인정과 사랑을 갈구한다.

나는 너무 무리하면서 사는 중인지도 모르겠다. 성취에 중독되어 가는 중인지도 모르겠다. 그 모든 것은 타인으로부터 사랑받기 위한, 눈물겨운 몸부림인지도 모르겠다.

돌이켜보면, 어릴 적부터 엄마의 칭찬에 목말랐었다. 모든 면에서 높은 기준을 요구하는 엄마는 나의 학업 성취도나 교우관계 같은 것에 만족할 줄 몰랐다. 이를테면 엄마는 내가 SKY 대학에 가지 못했다는 이유로 오랫동안 나를 탐탁치 않게 여겼다. 결국 나는 인정에 몹시 목마른 상태로 오랜 시간을 보냈고, 그 결과 노력 중독자가 되었다는 생각이다. E는 그것을 간파한 것인지도 모르겠다.

책을 잘 쓰고 싶은 이유는 사랑받고 싶기 때문이다. SNS를 열심히 하는 건 '좋아요'를 받고 싶기 때문이다. 방송을 하는 이유도, 회사 일을 소홀히 하지 않는 이유도 모두 마찬가지다. 나는 나의 에너지를 모두 사랑받는 데 갈아 넣고 있다.

그러나 이런 노력 중독형 라이프스타일을 현재 바꿀 생각은 없다. 여러 아이덴티티를 가지고 살아가는 것에는 좋은 점도 많기 때문이다.

회사생활에 회의가 느껴져 마음이 착잡할 때 글 쓰는 아이덴티티는 '괜찮아. 너에겐 글쓰기가 있잖아'라고 말해준다. 회사생활도 힘들고 글도 안 써질 때는 팟캐스트 순위가 올라간 것을 보며 힘을 얻는다. 말하자면, 나를 세 개의 자아로 나누어, 서로 '좋아요'를 눌러주면서 살 수 있도록 만들어둔 시스템이다.

벌여 놓은 일이 많아 지치는 것도 사실이지만, 다행히 이 책을 쓰면서 조금씩 단단해지고 있다. 사실은 모두 관심과 사랑받기 위한 일이었음을 털어놓자 후련해진 것 같기도 하다. 타인의 눈치를 살피는 일도 많이 줄었다. 이 책을 처음 쓰기 시작했던 몇 년 전과는 달리, 회식 자리에서 말없이 반찬만 집어 먹는 사람이 있어도 '혹시 나 때문에 기분이 안 좋은가' 하고 전전긍긍하지 않게 됐다.

우리가

손을 잡는다는 것은

대학교 2학년이 되자 친구들이 봉사활동 점수를 쌓기 시작했다. 그걸 보고 있자니 나도 뭔가를 해야 한다는 강박에 조급해졌다. 학생복지처에 가면 도움을 받을 수 있다는 정보를 전해 듣고 무작정 그곳으로 찾아갔다.

학생복지처에서는 내게 무료 영어교육봉사를 권하며, 인근의 지역아동센터를 소개해주었다. 그 인연으로 나는 대학을 졸업할 때까지, 초등학생과 중학생을 대상으로 영어를 가르쳤다.

그중에 기석이란 아이가 있었다. 아꼈던 동생이 배신을 때려 등에 칼 맞기를 한 차례, 모셨던 보스가 딴마음을 품는 바람에 조직에서 팽 당하기를 한 차례, 견제 세력이 검찰에 흘린 정보 때문에 징역 살기를 한 차례씩 겪은 아저씨처럼, 기석이는 사람들을 강하게 경계했다. 예를 들면, 수업 말미에 "다음 주에 보자"고 하면, "다음 주엔 오지 마요"라고 대거리하는 식이었다. 말을 섞으려는 시도를 하면, "말 걸지 마요"라며 돌아서는 식이었다.

원장님은 나를 따로 불러 기석이네 가정사를 얘기해주었다. "기석이네 엄마가요, 기석이네 아빠가요…."

나는 그냥 봉사활동 점수나 쌓으려고 온 건데 난감한 상황이었다. 나는 먼 산을 보는 기석이를 보며 '오늘의 단어'를 칠판에 썼다.

'Difficult.'

그 무렵 나는 친구의 권유로, 어느 호스피스에서 진행한 프로그램에 참여한 적이 있다. 그건 말기 암 환자들과 함께 소풍을 가는 일이었다.

"나는 취재차 가는 건데, 너도 와."

친구는 기자였다.

"내가 가서 뭐해?"

"와서 휠체어도 밀고, 사람들 말동무도 해주고 그래."

"그래."

서른 명 남짓한 소풍단이 에버랜드에 도착했다. 환자가 절반, 자원봉사자가 절반이었다. 나도 자원봉사자란 명분으로 대열에 합류했다. 인솔자는 내게 '평택 할머니'의 휠체어를 밀고 말동무도 해주는 일을 맡겼다.

"안녕하세요? 전새벽이라고 합니다."

"…."

할머니는 말씀이 별로 없는 분이었다.

우리는 볕 좋은 곳으로 이동했다. 따뜻한 데서 김밥을 먹을 참이었다. 음식을 나누어 먹는 동안 일행들은 별말이 없었다. 놀러 오니까 좋다며 기분을 표현하는 사람도, 분위기를 띄우거나 다른 사람들과 열심히 대화하는 사람도 없었다. 전체적으로 좀 느리고 조용한 옛날 영화를 보는 것 같았다.

식사 후 이곳저곳을 돌았다. 놀이기구를 타겠다는 사람은 없어서, 화단의 꽃을 구경하거나 배경이 화려한 지점에서 사진을 찍으면서 공원을 거닐었다. 환자 대부분은 휠체어에 앉아 있었으므로 행렬의 이동 속도는 느렸다. 어쨌거나 급할 건 없었으므로 모두가 느긋함을 즐겼다.

그러던 중 선두가 멈춰섰다. 퍼레이드 행렬이 지나가고 있었다. 장난감 병정 같은 옷을 입은 젊은 남자들이 드럼을 치고, 그 뒤로 화려한 드레스를 입은 무용수가 춤을 추며, 그 뒤로 헐렁한 무예복을 입은 아크로바틱 그룹이 다양한 재주를 선보이며 길을 지나고 있었다.

환자들이 모두 손을 흔들기 시작했다. 활기 넘치는 퍼레이드를 향해 아주 천천히. 나는 비로소 그들이 왜 웃지도 않고 그토록 과묵했는지 조금 이해가 갔다. 오늘은 그들에게 마지막 소풍이었다. 하나하나 눈에 담고, 하나하나 인사를 나누느라 조용하고 느리게 행동할 수밖에 없던 것이다. 그러다가 퍼레이드가 가진 강한 삶의 에너지를 보고 마침내 손 들어 인사하기로 마음먹은 건지도 몰랐다. 그들이 손을 흔드는 모습은 "잘 있어라, 세상아"라고 말하는 것처럼 보였다.

약효가 별로 없는 항우울제보다 무서운 건 약효가 엄청 좋은 항우울제다. 그건 끊을 수가 없다. 나는 약이 없으면 불안해지기 시작했고, 더 자주 신경정신과를 방문했다. 의사는 기계적으로 문진을 하고 약을 처방해줬다. '이럴 거면 그냥 자판기에서 약을 팔면 되는 거 아닌가' 생각했지만 입 밖으로 내지는 않았다. 이걸 하기 위해서 그 의사는 엄청나게 열심히 공부했을 것이기 때문이었다.

항우울제에 대한 의존도가 높아져가는 동안 계절은 바뀌고 아이들은 커갔다. 기석이는 5학년이 되었다. 월화수목금 나오던 센터를 이제는 월수금만 나왔다. 나머지 시간엔 뭘 하냐고 물으니, 가만히 있는 건 죽어도 싫고 몸을 써야 직성이 풀린다고 해서 합기도를 다닌다고 했다.

합기도 기능이 추가된 기석이는 한시도 가만히 있지 않았다. 의자를 뒤로 기울인 채 지루하다고 소리를 질렀고, 내가 수업을 하고 있든 말든 앞으로 나와 칠판에 낙서를 했으며, 툭하면 교실 밖으로 나갔다. 6학년이 되면서 기석이는 아예 센터에 나오지 않았다.

"합기도 때문인가요?"

원장은 깊은 한숨을 내쉬며 말했다.

"질 안 좋은 형들하고 어울린대요."

사파리 구경이 끝나자 돌아갈 시간이었다. 다들 말없이 버스에 올랐다. 이대로 모두 호스피스로 돌아갈 것이었다.

평택 할머니 역시 말씀이 없었다. 사실 할머니는 오늘 종일 어떤 말씀도 하지 않으셨다. 말기 암 환자가 수다스러운 것도 이상하지만, 그래도 온종일을 함께 보냈는데 교감한 바가 적은 것 같아 못내 아쉬웠다. 휠체어를 버스 탑승구 쪽으로 밀고 있는데, 할머니가 갑자기 손을 들어 어디를 가리켰다. 그건 그날 할머니가 보여준 가장 적극적인 행동이었다.

"사진…."

할머니는 잘 들리지 않는 목소리로 말했다.

"아, 사진이요? 네. 제가 찍어드릴게요."

할머니는 고개를 저었다.

"같이…."

"아, 그럴까요?"

나는 별생각 없이 할머니 뒤로 가서 섰다. 일행 중 한 사람이 "찍습니다, 김치"라고 외쳤다.

그 순간, 할머니가 내 손을 움켜쥐었다.

"기석이가 담배를 피워요."

원장님이 혀를 차며 말했다. 그리곤 기석이를 한번 만나달라고 했다.

"어떡하면 되죠?"

원장님이 일러준 방법은 간단했다. 토요일에 기석이를 잠깐 부를 테니 센터에 와 있어라. 카드를 줄 테니 나가서 밥 한 끼 먹으면서 좀 타일러봐라.

'아, 나는 봉사활동 점수라 쌓으러 온 거지, 누군가의 삶에 훈수를 놓는 엄청난 일을 하러 온 건 아닌데…'라고 생각하면서도 거절할 수가 없었다. 원장님의 부탁은 간곡했고, 머릿속에서는 기석이 생각이 떠나지 않았다. 기석이는 외로운 아이였다. 필요 이상으로 사람들을 밀어내는 그 애의 행동은 내게 절박하게 보였다. 어린 시절 내 모습이 보이기도 해서 나는 그 애를 외면할 수 없었다.

'그런데 내가 뭘 할 수 있지?'

부담과 책임감을 모두 끌어안고 쩔쩔매는 동안 주말이 왔다.

"제가 이 사람이랑 왜 나가요?"

기석이는 여전히 통명스러운 얼굴을 하고 말했다. 선생님도 아니고, 형도 아니고, '이 사람'이랑 외출할 이유가 정말이지 하나도 없는 듯했다.

"떡볶이 사줄게."

"안 먹어요!"

"알았어. 그럼 그냥 동네 한 바퀴 걷고 오자."

"동네를 왜 걸어요?"

"한 번만."

설득 끝에 겨우 기석이를 밖으로 데리고 나갔다. "뭐 먹을래? 뭐 하고 싶어?" 질문해봤지만, 기석이는 돌멩이를 걷어차고 나뭇가지를 주워 던지느라 몹시 바쁜 모양이었다.

우리는 어느 공원에 도착했다. 나는 벤치에 앉았다. 돌멩이 차기도 질렸는지 기석이도 옆에 앉았다. '무슨 말을 해야 할까?' 멀리서 바람이 불어왔다. 신호에 맞추듯 나는 입을 열었다.

"요새 담배 피운다며?"

기석이는 순간 표정을 일그러뜨리더니, 변명하듯 말했다.

"그냥 형들이랑 몇 번 피워본 거예요."

"그래, 그런 건 알아서 하고."

내가 그렇게 말하자 기석의 눈이 조금 흔들렸다.

"사실 담배에 나이 제한을 두는 거 자체가 좀 웃겨. 몸에 해롭다면 어른한테도 팔면 안 되는 거 아냐? 또 모두한테 해롭다는 것도 말이 안 돼. 프랑스의 어떤 할머니는 무려

122세까지 살았대. 그 할머니는 무려 90년도 넘게 담배를 피웠는데. 중요한 건 담배를 피우고 말고가 아니야. 우리가 원하는 대로 살고 있느냐지. 합기도를 하든, 수업을 빼먹든, 담배를 피우든 네가 원하는 걸 해. 삶이 좀 불만스러워서, 누가 날 좀 봐줬으면 하는 소심한 반항 말고, 네가 진짜 원하는 걸 하라고. 알겠어?"

기석이는 대답하지 않았지만, 표정은 한결 누그러져 있었다.

"담배 하나 줄까?"

"아, 됐어요!"

순간 기석이의 앙다문 입술 사이로 피식 웃음소리가 새어 나왔다. 정말 다행이었다. 우리는 벤치에서 일어나 다시 센터로 향했다. 물론 기석이와의 대화 내용은 원장님에겐 비밀이었다.

"나 간다. 다음 주에 보자."

"싫어요, 안 봐요."

"맘대로 해. 수업에 안 와도 괜찮아. 그냥 재밌게만 살아."

나는 기석이에게 다가가 손바닥을 내밀었다. 이내 기석이는 손은 왜 내미냐는 듯 내 손바닥을 후려갈기고는 도망치듯 사라졌다. 순간적이었지만 따뜻한 온기가 고스란히 전해졌다.

"찰칵!" 소리가 들리고 "한 번 더 찍을게요"라는 말이 들렸다. 두 번째 셔터음이 들리는 순간, 여전히 휠체어에 몸을 파묻은 할머니와 바이킹에서 들리는 달뜬 소리, 아이들의 웃음 소리, 여기는 꿈과 희망이 가득한 에버랜드, 그 모든 것을 붉게 물들이는 석양….

"우울증에 걸리면 어떤 기분이야?"

우울의 덫으로부터 빠져나온 지 오래지만, 지금도 친구들은 내게 묻곤 한다. 우울증이 어떤 기분인지 말하는 데는 여러 가지 방식이 있겠지만, 나는 한 가지 대답을 곧잘

내놓는다.

"문제의 원인이 항상 나인 것처럼 느껴지는 거."

우울증을 앓던 당시 내 머리는 이런 회로로 움직였다.

'버스에 사람이 너무 많아 답답해. 대체 왜 이렇지? 그렇지. 내가 죽지 않고 살아서 버스에 탔기 때문이야.'

'기분이 너무 안 좋아. 대체 왜 이럴까? 그렇지. 내가 죽지 않고 살아 있기 때문이야.'

'이 집 음식이 너무 맛없어. 대체 뭐가 문제지? 그렇지. 내가 죽지 않고 살아서 밥을 먹고 있기 때문이야.'

어떤 문제든 결론이 '내가 살아서 생각을 하고 세상을 감각하고 있기 때문'이란 결론이 나오니, 해결 방법도 늘 한 가지만 떠올랐다.

내가 더 이상 존재하지 않는 것.

자살 충동을 억누르며 밤 산책을 하면 사람들 생각이 많이 났다. 주로 엄마 생각이었다. '나 죽으면 우리 엄마 어떡해.' 엄마의 존재는 내게 살아야 하는 의무처럼 작용했다. 그게 좋은 건지 나쁜 건지 모르겠지만, 당시 나를 지켜준 생각 중 하나였다.

좀 오래 걸으면 다른 사람들 생각도 났다. 아빠, 형, 흰둥이, 사귀었던 사람들, 동창들, 선생님, 지역아동센터의 어린이들…. 지나고 생각해보니, 나와 살이 많이 닿았던 순서대로 떠올랐던 것 같기도 하다.

하루는 외로움이 구체적인 통증처럼 찾아와 흉부를 마구 들쑤셔대길래, 이제 그만 삶을 끝내야겠다고 결심하며 욕조에 누운 적이 있었다. '진짜로 가는 거다' 스스로에게 그렇게 되뇌였다. 그러자 마구 눈물이 쏟아졌다. 눈물이 나는 걸 보니 삶이 아쉬운 모양이었다. 갈 때가 아니라는 뜻이었다. 결국 몸을 일으켜 물을 세차게 틀고 계속해서 눈물을 닦았다. '그래, 어떻게든 살아보자. 근데 이 외로움과 공허함은 대체 어쩌지?' 그 끝에서 떠오른 건 기석이와 평택 할머니였다. 그러자 삶의 의욕이 서서히 밀려들기 시작했다.

우리가 손을 잡는다는 건, 그동안 말 못 하게 외로웠다는 내밀한 고백인 동시에, '너도 힘들었지'라는 공감의 제스처다. 그리하여 우리는 동질적인 외로움을 통해 서로를 좋아하기 시작하고, 상대방에게 닿고 싶어 한다. 그리면서 우리가 몹시도 불완전한 존재라는 걸, 필연적으로 타인과 함께 살아갈 수밖에 없다는 걸, 인류를 비롯한 모든 생명체가 늘 그렇게 연결된 채 살아왔다는 걸, 비록 몸이 나뉜 것처럼 보여도 실은 살아 있는 것 모두가 하나라는 걸 직감적으로 알게 된다. 생각이 거기까지 이르자 내가 멋대로 생을 끝내서는 안 된다는 결론에 닿았다.

훗날 간신히 우울증을 떨쳐낸 나는 취직을 해서 평범한 회사원이 되었다. 일주일에 오 일씩 출근이란 걸 하고 있는데, 절반은 일찍 나가고 절반은 늑장을 부린다.

일찍 간 날은 유독 피로하다. 그건 단순히 덜 잤기 때문이 아니라 아침에 딸아이와 손잡고 걷는 잠깐의 시간을 놓쳤기 때문이다. 그리하여 나는 점차 회사에 일찍 나가는 날을 줄이고, 손을 잡는 아침을 늘리고 있다. 그렇게 나는 내 방식으로 세상과 연결하고 있다.

에버랜드를 다녀온 후 평택 할머니께 몇 번 전화를 드렸다.

"놀러 와."

할머니의 목소리는 무덤덤했지만, 거기엔 숨길 수 없는 기쁨이 담겨 있었다.

"조만간 시간 내서 꼭 갈게요."

우리는 몹시 친한 사이처럼 굴었다.

그러나 그 '조만간'이 채 되기도 전에 할머니는 더 이상 전화를 받지 않았다. 소풍에서 한 번 만났던 사이인 내게 고인의 장례 일정 알림 같은 것은 오지 않았다.

이십 대 청년이 됐을 기석이는 어디서 뭘 하는지 모른다. 무얼 하든 너무 외롭지는 않기를, 옆에 손 잡아주는 사람이 있기를 바란다.

햇빛 화가의

메시지

햇볕을 가득 쬔 느낌이 들었습니다. 좀 더 자세히 말하자면, 1차 가서 눈 마주치는 선배마다 잔 부딪치고, 2차 가서 부장님들 얘기에 손뼉 치고, 3차 가서 땀까지 흘리며 탬버린 치다가 자정이 넘은 시간, 허정허정 집으로 돌아와 현관문을 열 적에, 그제야 소파에서 몸을 일으켜 안방으로 들어가는 엄마를 뒤에서 꽈악 끌어안던 밤, 그때 느꼈던 따스함을 누리는 듯했어요.

작가님, 저는 햇빛이 참 귀한 곳에서 자랐습니다. 얼마나 귀한지 날씨가 좋은 날은 학교가 쉴 정도였죠. 볕이 좋은 날엔 어김없이 들떠버리는 습관은 그때 생긴 건지도 모릅니다. 앞으로 뭘 하든 햇빛을 누리면서 살고 싶다고 생각했습니다.

하지만 결국 회사원이 됐습니다. 이쪽이 안정적이라고 해서 말입니다. 그런데 회사원의 삶이란 햇볕 한번 제대로 쬘 기회가 없는 것이더군요. 더군다나 요새는 바람을 쐬러 나가도 미세먼지로 뒤덮인 하늘뿐이어서, 들숨의 8할은 답답함, 날숨의 8할은 허탈함이 되곤 합니다.

어느 날, 회사 로비를 어슬렁거리다가 거대한 캔버스 앞에서 걸음을 멈추고 한참을 서 있었습니다. 제 앞에는 작가님의 그림 〈기다림〉이 있었습니다. 햇볕을 가득 쬔 듯한 느낌이 들었습니다. 따뜻하고 보드라웠습니다.

저는 작가님의 전시가 있었던 건물에서 일하는 회사원입니다. 어렸을 적부터 소설가가 꿈이었는데 여기서 영업사원으로 일하고 있습니다. 부장님이 안 계신 틈을 타 이것저것 틈틈이 써보기는 합니다만, 문장은 졸렬하고 사고는 더딘지라 팬레터 쓰는 일조차 썩 익숙지 못합니다.

그저 감사할 따름입니다. 기회가 되면 차라도 대접하면서 사는 얘기, 작품 얘기 청해 듣고 싶습니다. 그런 기회가 오지 않는다 하더라도, 넋 나간 표정을 하고 매일 이곳으로 오가는 많은 사람이 작가님께 고마워하고 있다는 것을 알아주세요. 계속 따뜻하게 캔버스를 채워주세요.

회사 건물의 로비 일부는 그림 전시장으로 쓰인다. 덕분에 그림 구경 자주 하고 산다.

평소처럼 전날 마신 술이 덜 깬 상태로 출근을 하는 중이었다. 회사 건물에 있는 편의점에 들러 숙취해소 음료를 사고 나오는 길에 눈길을 끄는 그림 한 점을 발견했다.

어떤 건물의 현관이었다. 반만 열린 문 사이로 비치는 것들을 보니 옷 가게인 모양이었다. 나무색을 그대로 살린 문이 반쯤 열렸고, 그 앞에는 세모 패턴의 도어매트가 놓여 있었다. 문 양 옆으로는 사람의 키만큼 큰 관엽수 두 그루가 사각 도자기 화분에 뿌리내린 채 서 있었다.

안소현, 〈기다림〉, 116.8×72.7cm, Acrylic on canvas, 2016.

그림 어디에도 사람은 없었다. 정확히 말하면, 이 그림에는 동사가 없었다. 그림 속의 모든 오브제가 정적이었다. 움직임이 없는데도 그림에서 뜨거움이 느껴졌다. 왜일까? 그 까닭이 내 발걸음을 멈추게 한 이유이기도 할 것이었다.

한참 그림을 노려본 끝에 나는 곧 그 온기가 어디서 온 것인지 알게 됐다. 반쯤 열린 현관 사이를 뚫고 들어가는 것. 식물 위로 장엄하게 내리쬐는 것. 도어매트 위로, 벽면 위로, 바닥의 타일 위로 쏟아지는 그림의 신짜 주인공, 그것은 햇볕이었다.

전시되어 있던 모든 그림에는 햇볕이 담뿍 담겨 있었다. 그리고 그림의 크기가 하나같이 거대했다. 그것들을 바라보는 것만으로도 햇볕을 쬔 것 같은 기분이 들었다. 나는 작가에게 감사의 편지를 전해야겠다고 다짐했다.

나는 생면부지의 화가에게 강렬한 관심과 애정을 담아 팬레터를 보냈고, 햇빛 화가는 반갑게 답장을 보내왔다. 이 기회를 놓치고 싶지 않아 한번 만나고 싶다고 하자, 그는 마침 전시를 하는 중이니 놀러 오라고 했다.

애정결핍 회사원과 세간의 주목을 받기 시작한 신인 화가 사이에는 어떤 이야기가 오갈 수 있을까? 혹시 서로 쭈뼛대기만 하다가 오는 건 아니겠지? 그는 만나자마자 내게 선물을 건넸다. 말로 모건의 《무탄트 메시지》라는 책이었다. 선물을 계기로 우리는 어색함을 어느 정도 물리칠 수 있었다. 대화는 점차 활기를 띄기 시작했고, 나는 머지않아 그가 햇빛 화가가 된 배경을 들을 수 있었다.

"스물네 살 땐가, 배낭여행을 갔어요. 네팔의 포카라라는 곳에 들렀는데, 며칠 묵을 예정이었던 걸 한 달이나 머물러버렸어요. 거기 날씨가 너무 좋았거든요. 특히 햇빛이 정말 끝내줬어요. 그래서 어떤 카페를 하나 정해놓고, 매일 그곳에 가서 햇볕을 쬐면서 멍하니 지나가는 사람들을 구경했어요. 그러다 보니 배낭여행 떠나기 전 가득했던 우울이 완전히 날아갔더라고요."

나는 고개를 끄덕였다. 우울하다는 건 그런 거였다. 몸 안에 눈물이 쌓인 상태, 그래서 눅눅하고 곰팡곰팡한 상태, 마음에서 악취가 날 지경인 상태. 그렇다면 할 일이 명확하다. 나를 활짝 열고 볕 속에 두는 것, 그저 볕이 치유하게 두는 것, 그 외의 일은 생각하지 않는 것.

방사능에 피폭된 거미에게 물린 사람이 스파이더맨이 되었던 것처럼, 한 달 동안 포카라의 햇볕을 충전하고 온 그는 햇빛 화가가 되었다. 그는 몸 안에 꽉 채운 햇볕을 캔버스에 아낌없이 담았다. 그것이 이곳저곳에 전시되어 마음이 눅눅해진 인간들을 위로한다.

우리는 아주 천천히 차를 마시며 이야기를 나누었다. 이야기를 들어보니 그는 '이렇게 그리면 대중이 좋아하겠지'를 따지는 셈 밝은 화가는 아니었다. 그는 그저 자연과 동물과 인간을 아끼는 온화한 개인이었다. 동시에 이 물질만능

주의의 세계에서 약간은 비어 있는 상태를 지향하는 수행자이기도 했으며, 또 쉽게 생명의 가치를 폄하해버리는 세태에 저항하는 운동가이기도 했다. 그것들이 전부 하나의 방향이라고 할 수 있다면, 그건 내가 지지하고 싶은 방향이었다.

나는 그에게 고마움을 느꼈다. 그런데 그가 먼저 고맙다는 얘길 꺼냈다.

"보내주신 팬레터를 출력해서 책상 위에 붙여놨어요. 몇 번을 읽었는지 모르겠어요. 읽을 때마다 힘이 돼요. 정말 고마워요."

"아닙니다. 제가 작가님의 그림에서 정말 위로와 힘을 받았어요. 감사의 인사는 제가…."

그 순간 머릿속에 '순환참조'•라는 말이 떠올랐다.

• 컴퓨터 프로그램인 '엑셀'을 쓰다 보면, 순환참조 오류라는 걸 종종 볼 수 있다. 말하자면 A와 B의 값이 서로를 참조하고 있어 아무 값도 도출되지 않는 상태를 말한다. 쉬운 말로 하면 철수는 영희가 먹고 싶은 것을 시키자고 하고, 영희는 철수가 먹고 싶은 걸 시키자며 버티니, 점심 메뉴라는 값이 도출되지 않고 있는 상태다.

"둘 다 햇볕에게 감사할 일이군요."

낮은 순식간에 저녁이 되었고, 이윽고 자리에서 일어날 때가 됐다. "다음에 또 만나요"라고 말하기엔 명분이나 공통분모가 우리에게 너무 적었다. 그는 그림과 신랑, 반려동물과 함께하는 일상에 머물 것이었고, 나는 투정과 변명, 죄의식으로 가득한 일상에 다시 갇힐 것이었다. 언제 또 볼지 모르는 사이지만 한 번으로도 큰 의미를 지닌 만남이었으므로, 헤어질 적에 나는 오랫동안 그에게 손을 흔들었다.

그로부터 며칠, 나는 그가 선물해준 책을 읽었다. 문명을 거부하고 자연과 함께 살아가는 '참사람 부족'에 대한 이야기였다. 동물, 식물, 물, 바람도 우리와 모두 하나인 자연의 일부라고 믿고 사는 부족이었다. 당연히 그들은 자연의 섭리를 거스르려고 하지 않았고, 당연히 자연을 파괴하는 일도 하지 않았다.

식물은 대지의 자양분과 햇빛으로부터 힘을 얻어 크고, 동물은 그 식물을 먹으며 살아간다. 동물은 죽고 썩어서 다시 자양분이 되고, 그 자양분을 바탕으로 다시 생명이 시작된다. 세계는 원래 순환참조의 원리로 되어 있는 것이다. 엑셀이란 프로그램은 이 순환참조를 오류로 정의하지만, 자연의 섭리는 그렇지 않다. 생태계 순환 원리를 보면 알 수 있듯, 세계는 원래 순환참조를 기본으로 한다. 세계는 원래 어떠한 '값'의 도출을 필요로 하지 않는 것이다.

그러나 인간은 식물을 경작하고 동물을 가축화해서 값을 매기기 시작했다. 생명체들은 상품이 되었고, 생명체들의 어머니인 대지는 아스팔트로 덮여버렸다. 모든 생명력의 근원인 햇빛은 고층빌딩과 미세먼지에 의해 차단되었다. 순환의 세계는 이제 값의 세계가 되어버렸다. 값의 세계에서 인간들은 외롭다며 힘들다며 푸념한다. 값의 세계에서 순환의 세계로 다시 돌아가지 않으면, 삶은 계속해서 자기모순적일 것이다.

헤어지기 전까지
우리가 반복할 일들

커다란 호수를 끼고 다 같이 걷는다. 부모님 집에 오면 대개 이렇게 산책을 한다. 딸아이의 눈으로 보면, 할머니, 할아버지, 큰아빠, 엄마, 아빠, 반려견 흰둥이와 본인이 그 멤버다. 다만 산책 참석은 자율적이라 때로는 소규모 그룹으로 나가기도 하고, 때로는 총출동하기도 한다.

호수의 둘레가 제법 넓어, 반환점을 찍고 돌아오는 길엔

낙오자가 속출한다. 먼저 흰둥이가 더는 못 가겠다고 그대로 드러눕는다. 이어서 딸아이도 못 걷겠다고 칭얼대기 시작한다. 이 둘은 이제 유아용 왜건에 나란히 실린다.

여행과 사랑은 자꾸만 사진을 찍게 만든다는 면에서 닮았다고 이병률 시인은 말한다. 가족끼리 호숫가를 걷는 일은 그 둘을 동시에 하는 일이다. 다들 사진 촬영에 열심이다. 특히 개와 아이가 나란히 있는 모습을 찍고 싶어 하는 사람이 많아, 왜건을 미는 사람은 중간중간 걸음을 멈춰야 한다.

TV를 보거나 폰을 만지거나 낮잠 자기. 산책 후 각자 시간을 보내는 방식이다. 나는 예전엔 주로 TV를 봤는데, 요새는 TV를 트는 동시에 자꾸 잠이 들어버린다. 엄마는 그 모습을 보고 벌써부터 그러면 어떡하냐며 혀를 찬다. 부모님 세대가 보기엔 난 아직 청춘 그 자체겠지만, 나도 체력이 예전 같지 않음을 자주 느낀다. 내게도 종일 농구를 하고 나서 새벽까지 술을 마셔도 다음 날 멀쩡하던 시절이 있었다. 그때를 떠올리다 나는 다시 꾸벅꾸벅 졸기 시작한다.

이런 생각도 흰둥이 앞에서는 삼가야 한다. 올해 열세 살인 녀석은 이빨이 절반 정도 빠졌고, 털은 윤기를 잃은 지 오래며, 배는 축 처졌고, 온몸에 검버섯이 피었다. 그야말로 노견이다. 천연스럽게 뛰놀던 모습이 아직 눈에 선한데, 보이지도 잡히지도 않는 시간의 힘에 무력함을 새삼 느낀다.

사람도 개도 약해지고 있어서인가. 네 살짜리의 생명력은 집 안에 활기를 불어넣는다. 딸아이는 호기심 많고, 꾸밈없으며, 생기발랄하다. 어른에겐 하나같이 낯선 것들이라 아이를 바라보는 일이 즐겁다. 아이도 그걸 아는지 할머니네 집에 있을 땐, 평소보다 더욱 힘찬 에너지를 보여준다.

한바탕 걷고 쉬고 나면 가족은 한자리에 모여 먹고 마시기 시작한다. 각자의 삶에선 적당히 먹고 마시던 사람들이, 모이기만 하면 대식가가 되고 애주가가 된다. 물론 친구들이나 회사 동료들과의 자리처럼 왁자지껄한 분위기와는 거리가 있지만, 비할 바 없이 포근하고 따뜻한 공기가 주위를 가득 채운다. 유쾌한 만찬은 밤늦도록 이어진다.

술자리가 정리되면 밤에는 각자 조를 짜서 잔다. 나는 형

하고, 엄마는 아빠하고, 아이는 아내하고, 흰둥이는 내키는 곳에 가서 잔다. “잘 자요” “오늘 좋았어” “정말 즐거웠어” 따위의 인사는 나누지 않는다. 굳이 말하지 않아도 서로의 눈빛과 말투에서 그 마음을 충분히 느낄 수 있기 때문이다. 그렇게 우리는 깊은 잠에 빠져든다.

아침을 지어 먹고 가족들은 헤어질 준비를 한다. 떠날 때마다 엄마는 계속 뭔가를 싸주신다. “갈게요” 하면 오이김치를 바리바리 싸주시고, 그걸 받아 들고 “갈게요” 하면 이번엔 장조림을 꺼내오신다. 또다시 “갈게요” 하면 이거 가져가서 입으라며 옷을 싸주시는 식이다. 오늘도 “갈게요”라는 말을 대여섯 번쯤 반복하고 나서야 모두가 차에 앉을 수 있었다. “갈게요” 다시 한번 그 말을 하며 나는 손을 흔들었다. 부모님도 그곳에 서서 오랫동안 우리를 향해 손을 흔들어주셨다.

“아쉬워.”

뒷자리 카시트에 앉은 딸아이가 말했다.

“뭐가 아쉬워?”

"할머니, 할아버지와 헤어져서…."

아쉽다는 것은 미련이 남아 서운하다는 뜻이다. 언젠가 모두와 헤어질 거라고 생각하면 속이 울렁댈 만큼 아쉽다. 그나저나 우리 딸은 언제 저렇게 정확한 감정 표현을 할 수 있게 된 걸까? 아이의 성장을 바라보는 부모의 마음은 언제나 양가적이다. 대견함과 걱정이 뒤섞인다. '우리 딸이 저런 감정을 느끼기 시작했구나. 앞으로 아쉽고 슬프고 힘든 일이 정말 많을 텐데 잘 감당해낼 수 있을까.' 그러나 아이는 이내 고개를 떨구고 잠이 들었다. 아이들은 이래서 좋다. 결코 지나치게 심각한 법이 없다. 나는 운전 중인 아내에게 아이가 잠들었음을 알리고, 조수석 깊이 몸을 파묻으며 어젯밤 일을 생각을 했다.

어젯밤에 아이는 종이를 가져다 달라고 했다. 낙서를 하고 놀 모양이었다. 종이는 안방에 있는 엄마의 책상 위에 얼마든지 있을 거였다. 나는 대수롭지 않게 엄마의 노트에서 빈 페이지를 한 장 찢었다. 그러다가 의도치 않게 어떤 메모를 읽게 되었다.

"뷔페 가서 장식용 음식을 가져다 먹는 것"

엄마는 정갈한 글씨로 치매의 징후들을 메모하고 있었다. 그중 한 가지는 뷔페에 관한 것이었다. 우리는 얼마 전 엄마 생일을 기념하기 위해 뷔페에 갔었다. 이 메모는 뷔페에 가기 전에 쓰인 것일까, 다녀온 다음에 쓰인 것일까?

집으로 돌아와 엄마가 싸준 음식들을 냉장고에 넣기 위해 부엌 바닥에 털썩 앉았다. 쇼핑백을 열어보니, 뭘 이렇게 많이 싸주셨나 싶다. 여태 뜨거운, 새로 만든 음식들. 가지런히 통에 담겨 꼼꼼하게 비닐 포장된 것들. 문득 그것들을 냉장고로 옮기는 일이 무척 아쉽게 느껴졌다.

"아빠, 뭐해?"

심각해지기 전에 다행히 딸이 달려온다.

여행과 사랑은 닮은 면이 또 있다. 그것이 끝나도 효과가 계속된다는 점이다. 여행지에 있지 않아도, 사랑하는 사람과 함께 있지 않아도, 그것들은 우리를 계속 행복하게 만들어준다. 눈앞에서 멀어지는 게 아쉬울 수는 있어도, 여행과 사랑은 눈으로만 하는 것이 아니므로, 다른 것들이 충분히 남는다.

아내와 딸은 사이좋게 음식을 냉장고에 넣는다. 헤어지기 전까지 우리는 이런 일들을 자주 반복할 것이다. 무언가 따뜻한 것을 서로 건네고, 그걸 각자의 보관함에 넣어두는 일을. 헤어지고 난 뒤에도 오랫동안 힘이 되어줄 일을.

◦ 에필로그 ◦

우울증 진단을 받고 얼마 후의 일이다. 친구 하나를 만나 한가롭게 번화가를 거닐고 있는데, 돌연 숨쉬기가 어려워지더니 곧 죽을 것 같은 착각이 들며 몹시 불안해졌다. 그 전에 병원을 다니며 심장을 비롯해 온갖 검사를 하고 '신체에는 이상이 없다'는 판정을 받은 상태였기 때문에, 이러한 증상이 정신적 문제임을 직감할 수 있었다. 그래서 눈에 띄는 신경정신과로 들어갔다. 계획에도 없던 정신과에 들어간다는 사실이 또 얼마나 부담스럽게 느껴지던지. 하지만 나는 당장이라도 숨이 멎어 죽을 것 같았다.

병원 안은 인산인해였다. 이렇게 '정신적 문제를 겪는 사람이 많구나' 무척 놀랐던 기억이 생생하다. 우스운 얘기지만 나는 그 병원에서 증상을 깨끗하게 떨쳐냈다. 의사 선생님의 훌륭한 의술 때문이 아니라, 진료를 받기 위해 무려 두 시간이나 대기를 하다가 그만 괜찮아지고 만 것이다. 두 시간을 기다려 만난 선생님의 진단은 간단했다.

"공황장애입니다."

우울증에 공황장애까지 앓게 되다니. 나는 거대한 약봉지를 들고 병원을 나오면서 또다시 운명을 탓했다. 이놈의 인생!

공황장애는 수시로 찾아왔다. 대개는 몸을 움직일 수도 없을 만큼 극심한 긴장이 몰려오는 식이었다. 병원에서 처방해준 약을 먹으면 증상이 완화되었지만, 대신 몽롱한 상태로 지내야 했다. 때때로 가위에 눌렸고, 갑작스럽게 눈물도 났다. 몸과 마음 모두 약해져 있는 상황에서 가족이 걱정을 하니 마음이 한층 더 괴로웠다. '나 같은 놈은 왜 살까? 살아 있지 않으면 전부 겪을 필요 없는 일인데!' 납처럼 무거운 마음은 계속되었다.

복용약은 점점 늘었다. 신경안정제, 항우울제 등 약이 많다 보니, 위를 보호하는 위장보호제도 함께 먹었다. 하루에도 수십 알씩 약을 입에 털어 넣으면서 인생을 저주했다. 밤에는 울었고, 낮에는 잤다. 학교엔 가지 못했다. 어둠이 오면 죽어야지 싶다가도, 아침이 오면 가족들을 두고 감히 그런 생각을 했다는 죄책감에 끙끙 앓았다.

그런 상태에서, 결국 망상이 시작됐다. 길을 걷고 있으면 뒤에 있는 사람이 갑자기 나를 칼로 찌를 것 같은 착각을 하게 되었다. 망상이 시작되자 완전히 정신이 나간 사람이 되었다. 결국 엄마의 도움으로, 나는 인지치료센터에서 여러 치료 프로그램에 참여하게 되었다. 그리고 점차 회복되어갔다.

공황장애와 우울증, 그리고 각종 약으로 얼룩진 그 시절, 나는 여러 번 죽을 생각을 했다. 하지만 끝내 그렇게 하지 않은 건 왜일까? 돌이켜보니, 그 시절 나는 한 가지 믿음이 있었다. 인생은 살 만한 것이라는 믿음. 자살충동에 시달리던 때부터 지금까지 내 인생은 모두 그 믿음을 검증해온 기간과 다름없다. 그 검증 결과란 바로 이 책이다.

제법 오랫동안 글을 써왔다. 무언가를 계속해서 써온 습관은 내게 최소한의 글쓰기 기술을 남겨주었고, 그 결과 작은 문예지를 통해 등단을 했으며, 그 이력을 살려 주요 일간지에 산문을 연재했다. 그리고 그 연재를 보고 연락을 준 고마운 어느 편집자를 통해 이 책까지 쓸 수 있게 되었다.

용기를 내 다른 사람들에게 손을 뻗었던 일들도 내 인생을 조금씩 바꾸어놓았다. 거문도까지 찾아가 만난 한창훈 소설가와는 그 이후로 술친구가 되었다. 지금도 종종 만나 술을 마시며 서로 구상 중인 재미난 콘텐츠에 대해 열띤 대화를 나누는데, 역시 이야기꾼인지라 잠깐만 대화해도 여러 가지 영감을 받게 된다.

팬레터를 통해 만난 안소현 화백은 이 책의 표지까지 장식해주었다. 외로움과 불안에 대한 위로를 전하고 싶어 책을 쓰기 시작했는데, 캔버스 가득 위로를 칠하는 유명 화가가 표지를 장식해주다니 두고두고 생각해봐도 얼떨떨할 만큼 기쁘다. 이 어설픈 에세이집이 조금이라도 팔린다면 안 화백의 덕을 본 것이라고 생각한다.

인생이 살 만한 것이라는 믿음에 쐐기를 박은 것은 결혼과 출산이라는 사건이었다. 내 예민한 성격 탓에 신혼 기간은 고성과 원망으로 가득 차 있었지만, 그 시기를 버텨내고 나자 아내라는 존재가 이토록 든든할 수가 없었다. 순이는 매일 조금씩 내게 더 소중한 사람이 되어간다. 인생이 점점 더 빠른 속도로 흘러가는 것을 보니 우리도 곧 늙을 것이고 언젠가는 이별하게 될 테지만, 살아 지내는 동안 더 많이 그의 손을 잡고 입을 맞출 것이다.

또 어설픈 아빠 밑에서 건강하게 자라준 딸 주아의 덕을 본 일도 일일이 다 기술할 수 없다. 생각해보면, 내가 그 애를 키운 게 아니라 그 애가 나를 키워줬다는 생각이 든다. 이 기회를 빌려 감사의 인사를 전한다. "딸, 아빠를 키워줘서 정말로 고마워."

나는 뿌리 깊은 애정결핍 위에 우울증과 공황장애까지 얹어 비틀댔지만, 그건 나쁜 일만은 아니었다. 병에서 낫고 나니 이제는 훨씬 단단해진 느낌이다. 이제 나는 분명 주변 사람보다 훨씬 더 긍정적이고, 훨씬 덜 허둥댄다. 죽느냐 사느냐를 오래 고민했더니 이제 웬만한 문제가 자질구

래하게 보인달까.

삶의 애정이란 결국 나를 둘러싼 사람들에 대한 애정이라고 생각한다. 아팠던 시절, 내게는 애정이란 게 없었다. 주변을 돌아볼 여유는커녕 나 스스로를 미워하던 시기였으니 삶에 대한 미련도 없었다. 그 시절 내게 장문의 편지를 써주던 아빠와 뜨거운 온기로 나를 끌어안아준 엄마와 언제든 술친구가 되어주었던 형 덕분에, 나는 비로소 스스로에게 애정을 가질 수 있었다. 그 애정을 나는 다른 사람들에게 쏟기 시작했고, 이제는 인생에서 남은 시간이 조금씩 줄어드는 게 몹시 아쉬울 만큼 삶을 사랑하게 됐다.

인생은 살 만하다. 그러나 이 같은 결론을 내기 위해 우리는 무수히 많은 노력을 해야 한다. 그중 하나는 닿고 싶다는 말을 하는 것이다. 그 말을 하는 방식에는 여러 가지가 있다. 중요한 건 불안과 외로움이란 기생충은 숙주가 가만히 있을 때, 가장 활동성이 높다는 점이다. 그러니 가만히 있지 말고 타인을 향해 손을 뻗자. 물론 그 행위에는 용기가 필요하다. 이 책의 모든 문장에는 진정 당신께 그 용기가 생기기 바라는 마음을 담았다.

닿고 싶다는 말